L'EUROPE

EN 1890

PAR

E. WICKERSHEIMER

ANCIEN DÉPUTÉ

PARIS

LIBRAIRIE PLON

E. PLON, NOURRIT et Cie, IMPRIMEURS-ÉDITEURS

RUE GARANCIÈRE, 10

1890

L'EUROPE EN 1890

Ce volume a été déposé au ministère de l'intérieur (section
de la librairie) en septembre 1890.

PARIS. — TYP. DE E. PLON, NOURRIT ET Cie, RUE GARANCIÈRE, 8.

L'EUROPE

EN 1890

PAR

E. WICKERSHEIMER

ANCIEN DÉPUTÉ

PARIS

LIBRAIRIE PLON

E. PLON, NOURRIT et Cⁱᵉ, IMPRIMEURS-ÉDITEURS

RUE GARANCIÈRE, 10

1890

L'EUROPE EN 1890

CHAPITRE PREMIER

COUP D'OEIL GÉNÉRAL SUR LA SITUATION ACTUELLE
DE L'EUROPE.

Vingt années se sont écoulées depuis l'effondrement de la puissance militaire de la France ; vingt ans, pendant lesquels la Prusse victorieuse a pu faire de ses victoires l'usage qu'il lui a plu, sans avoir trouvé le moindre obstacle de la part des autres nations.

Celles-ci, par jalousie ou par ressentiment contre la France, pour la plupart, et un petit nombre par faiblesse, avaient permis à l'Allemagne victorieuse de mutiler le territoire fran-

1

çais et de rançonner la nation vaincue, sans la
moindre tentative de ramener le vainqueur à
la modération. Au point qu'on se demande
comment les hommes d'État allemands ont pu
borner leurs prétentions à l'annexion de l'Alsace-Lorraine et à une indemnité de cinq milliards, lorsque, peu après, ils ont laissé clairement entendre qu'à la prochaine occasion ils
rançonneraient la France d'une façon plus
complète.

La France paraissait, en 1870, l'ennemie de
la paix européenne, et l'ambition brouillonne
de Napoléon III était redoutée de toutes les nations. Lui disparu et la puissance de la France
abattue, l'Europe pouvait respirer et allait
enfin terminer en paix ce dix-neuvième siècle
si fertile en révolutions et en guerres.

Les peuples allaient respirer et, délivrés du
cauchemar de l'invasion, se livrer aux travaux
de la paix, au progrès scientifique et industriel
et aux améliorations sociales, si nécessaires à
la paix intérieure des États.

Illusion que tout cela.

Jamais, à aucune époque de l'humanité, sans
en excepter les périodes les plus troublées du

moyen-âge, l'anxiété de l'avenir n'a été plus grande chez toutes les nations.

La paix subsiste, c'est vrai ; mais cette paix n'est qu'une fiction, et, sauf les massacres d'hommes, — ce qui est sans doute un grand point, — elle conduit les nations aussi sûrement à la ruine que la guerre elle-même.

Autrefois, il y avait des belligérants, deux ou trois, et le reste des nations conservait la paix. Aujourd'hui, toutes sans exception font de l'accroissement et de la perfection de l'armement leur constant souci. La crainte des événements qui se préparent est telle qu'aucun pays ne se croit plus en sécurité et que les petites nations aussi, celles même dont les territoires sont neutralisés, s'arment jusqu'aux dents.

C'est que toutes sentent que la guerre qui se prépare ébranlera tous les intérêts et risquera d'embraser l'Europe entière. Toutes ont l'intuition qu'il n'y a plus de sécurité pour personne, qu'il n'y a plus un seul principe de solidarité auquel les nations puissent se rallier, qu'il n'y a pour ainsi dire plus de droit des gens, **et que la seule sécurité sur laquelle on puisse** compter, c'est celle qu'on s'assure soi-même par la force des armes.

Et quel contraste, cependant, entre cet accroissement continu des armées qui finissent par comprendre tous les hommes valides, — comme aux époques de l'antique barbarie, — entre ce perfectionnement ininterrompu des moyens de destruction et le perfectionnement corrélatif des procédés de la civilisation! Toutes les inventions de la science moderne : les chemins de fer, le télégraphe, le téléphone, les câbles sous-marins multiplient, dans une proportion inouïe, les moyens de communication des hommes entre eux et donnent à la pensée et à la parole la faculté de se transmettre presque instantanément d'un bout du monde à l'autre.

A chaque instant, nous voyons se réunir des congrès internationaux en vue d'unifier les procédés et les moyens dont l'homme se sert dans les arts, le commerce et l'industrie afin de faciliter les relations que le rapprochement des distances ou, plutôt, la vitesse des voyages multiplient de plus en plus au point que, — au langage près, — les hommes de tout pays arrivent pour ainsi dire à se sentir chez eux en tout lieu de l'univers.

On unifie les mesures, les poids, les monnaies, et jusqu'à l'heure. On crée une législation internationale pour la propriété littéraire et artistique et on tente de créer jusqu'à une législation internationale du travail.

On réunit d'autres congrès qui n'ont pas pour but immédiat une législation à établir, mais qui mettent en présence les méthodes employées et les résultats acquis dans les diverses branches de l'activité humaine : pour la géographie, la topographie, la géologie, la paléontologie, l'art des mines, la métallurgie, l'hydraulique, la navigation, les chemins de fer, l'électricité, la médecine, la chirurgie, etc., etc.

Savants et praticiens de tout ordre et de toutes nations se traitent de frères dans ces conciliabules pacifiques qui préparent l'unité intellectuelle du monde entier.

Tout ce que la pensée et le génie de l'homme ont inventé, tout le capital intellectuel de l'humanité auquel ce dix-neuvième siècle si agité a donné un accroissement supérieur à tout ce que l'humanité avait fait avant lui, depuis sa

naissance, tout cela est mis en commun et
semble préparer la plus grande fraternité humaine que le monde ait vue et qu'il ait même
rêvée, avant ces dernières années.

Et tous ces hommes qui se sont traités de
confrères dans les congrès, qui se sont crus
frères pendant qu'ils étaient réunis, tous ont
été ou sont soldats de leur pays et, rentrés chez
eux, se préparent avec rage à l'affreuse bou-
cherie dont la politique moderne nous menace.

Tout cela, parce que la Prusse a commis,
en 1871, la faute d'annexer l'Alsace-Lorraine!

L'aveu en a été fait par M. de Bismarck lui-
même dans une conversation avec M. de Saint-
Vallier, qui a été rendue publique.

Il n'y a pas, d'ailleurs, un seul homme d'État,
dans le monde entier, qui puisse contester cette
opinion.

Pour donner la paix au monde, il n'y a donc
qu'une seule alternative : ou que la France
renonce définitivement à recouvrer l'Alsace-
Lorraine, ou que l'Allemagne la restitue spontanément à la France.

Examinons les deux termes de cette alternative.

CHAPITRE II

Remonter le cours de l'histoire et montrer que l'Alsace ainsi que la Lorraine étaient terres gauloises il y a deux mille ans ; établir qu'elle était habitée par des tribus de race celtique ou gaëlique ; démontrer, par l'ethnographie, que ces races ont subsisté dans la plus grande partie de cette région jusqu'à nos jours : tout cela peut être prétexte à des discussions illimitées, et un savant en *us* ferait des volumes là-dessus, d'autant plus que bien des savants en *us* de l'autre côté des Vosges, — comme on dit maintenant, — du Rhin, comme j'ai appris à dire dans mon enfance, démontreront exactement le contraire.

Toutes ces dissertations n'ont aucune valeur en politique.

Le fait tout nu est celui-ci : l'Alsace était

française depuis deux siècles et quart, et la Lorraine, en partie, depuis un siècle seulement (quoique depuis longtemps dans la sphère d'influence française), lorsqu'éclata la guerre de 1870. Les habitants de ces provinces étaient Français de cœur, patriotes, et l'ont bien prouvé alors et depuis. Ces provinces ont été violemment séparées de leur patrie, sans avoir été consultées, et brutalement annexées à une nation ou à un groupe de pays, agglomérés en nation, par droit de conquête. Depuis, elles saisissent toutes les occasions légales pour protester de leur inaltérable dévouement à la France et contre la nationalité qu'on leur a imposée par la force.

Là-dessus, pas de contestation possible.

On nous répondra que l'exemple n'est pas nouveau et que, depuis l'origine des sociétés, les guerres se sont terminées par des conquêtes.

Les Allemands ne répondent-ils pas, — et cette réponse leur est inculquée, depuis plusieurs générations, dès leur plus tendre enfance, — que l'Alsace ayant été ravie à l'Allemagne par Louis XIV, l'Allemagne, à son tour, a le droit de

ravir l'Alsace à la France ? Cette objection est
du genre historique ; elle se trouve donc écartée
a priori de notre discussion ainsi qu'il a été
dit plus haut : car la difficulté d'établir la légitimité d'une conquête sur l'histoire est comparable à celle qui consiste à remonter aux origines de la propriété.

Ceci nous amène donc à examiner l'objection de principe qui repose sur le prétendu
droit de conquête. Sur ce point encore, il nous
paraît inutile d'entrer dans des développements :
la conquête ne se justifie que par la force ; par
conséquent, il est inutile de la discuter.

Le problème est donc de plus en plus cir-
conscrit ; et la question qui se pose est la suivante : pourquoi les Alsaciens-Lorrains et les
Français trouvent-ils monstrueuse l'annexion
de l'Alsace-Lorraine à l'Allemagne en 1871 ?

On peut se demander s'il n'y a pas là de notre
part une prétention sentimentale qui ne puisse
se justifier aux yeux des autres nations.

Nous nous sommes posé à nous-même cette
question avec la plus grande sincérité, et notre
réponse sera telle que notre raison nous l'a
dictée. Le sentiment national allemand com-

1.

mença à se réveiller vers la fin du siècle dernier, après Frédéric le Grand. Mais il fut surtout littéraire à ses débuts. Les guerres de la Révolution propagèrent, avec les armées républicaines, les grands sentiments de patriotisme et d'humanité qui animaient les hommes de cette époque, et cette semence, laissée par nos armées en Allemagne, ne tarda pas à germer.

Puis Napoléon vint et, pendant des années, saccagea l'Allemagne, la découpa en cent tronçons qu'il recousait ensemble dans un ordre fantaisiste et à son gré, jusqu'à ce qu'à la fin les peuples, lassés d'être sans cesse pillés, rançonnés, annexés, se soulevèrent en masse contre l'ennemi commun ; et ce soulèvement tira son aliment même des grandes idées qui avaient germé sous les pas des soldats de la Révolution.

Jusqu'à cette époque, les guerres avaient été dynastiques, et les nations n'avaient pas eu voix au chapitre.

En 1813, la guerre contre Napoléon devint en Allemagne une guerre nationale et le patriotisme devint le meilleur auxiliaire des généraux de la coalition. Napoléon tombé, la

France perdit ses conquêtes, même celles que la Révolution avait faites et qui avaient été pardonnées par l'Europe ; la France fut réduite à ses frontières de 1789.

L'excès des malheurs des peuples avait fait naître un droit des gens nouveau, qui ne se trouve écrit dans aucun code et que, cependant, le congrès de Vienne consacra en fait, à savoir : que les nations ne se distribuent pas comme du bétail et que la patrie est un tout sacré qui est la propriété inaltérable de chaque nation.

C'est ainsi qu'au quatorzième siècle la lutte entre la France et l'Angleterre ne fut pas nationale dans les débuts. Elle avait encore le caractère en quelque sorte féodal, entre le roi d'Angleterre, possesseur de fiefs en France, et son suzerain le roi de France. Les rois pouvaient se prendre réciproquement des provinces, et celles-ci passaient sans murmurer sous la loi d'un nouveau prince, sans que le peuple s'en aperçût, en quelque sorte, car les vassaux des provinces annexées suivaient la loi du vainqueur et portaient leur hommage au nouveau suzerain. Mais à mesure que la guerre se prolongeait, à mesure que les Anglais pillaient et rançonnaient sans scrupule cette malheureuse terre de France, de l'excès du malheur même surgit un nouveau sentiment, exclusivement populaire, le patriotisme, qui trouve sa plus sublime incarnation dans une fille du peuple, Jeanne d'Arc. La nation française se soulevait à sa voix, et ce que la noblesse n'avait pas su faire, la noblesse qui reniait la patrie pour le suzerain, et qui changeait de suzerain suivant son intérêt féodal, le peuple le fit en s'imposant au roi de France.

A partir de ce jour, la patrie française eut une existence, et le patriotisme, ce sentiment profond engendré dans la profonde misère du peuple, prit le caractère religieux qu'il a conservé depuis et qui, sous la Révolution, fut porté au plus haut degré de ferveur.

C'est ce sentiment même dont l'Allemagne hérita et il l'aida à chasser les Français d'Allemagne comme, trois cent cinquante ans auparavant, il avait aidé à chasser l'Anglais de France.

C'est ce sentiment, ai-je dit, qui, peut-être à leur insu, a dominé les diplomates du congrès de Vienne et empêché le démembrement de la France en 1814.

Depuis cette époque, il n'y a plus eu, jusqu'en 1870, de guerre de conquête en Europe.

La guerre de Crimée ne coûta à la Russie ni rançon ni territoire, sauf la Bessarabie, terre demi-roumaine, qu'elle a recouvré en 1878.

La guerre d'Italie se termina par des annexions, mais ces annexions n'étaient pas des conquêtes. En effet, l'annexion de la Savoie et de Nice à la France, librement consentie par l'Italie, fut consacrée par le vote populaire. C'était la répudiation la plus éclatante de la politique de conquête et la consécration de ce principe nouveau du droit des gens que nous venons d'essayer de mettre en lumière.

Quant à la Lombardie, qui faisait retour à l'Italie, personne, parmi les Autrichiens eux-mêmes, n'aurait soutenu que l'annexion s'était faite contre le vœu de la population. Ils savaient fort bien, au contraire, combien de difficultés leur coûtait le maintien dans l'obéissance de cette province qu'ils ne dominaient qu'au prix de difficultés et de cruautés sans nombre.

Nous sommes donc fondé à dire que le droit pour les peuples de disposer de leurs propres destinées est, depuis 1815, un principe généralement accepté dans tout le monde civilisé.

Dès lors, l'annexion violente de l'Alsace-Lorraine à l'Allemagne, sans que les populations eussent été consultées, parut, en France et ailleurs, la plus grave atteinte portée au droit des gens.

Les Alsaciens en fournirent bientôt la preuve la plus éclatante en élisant des députés protestataires. Il ont rendu, par là, un véritable service à la civilisation, eux vaincus, eux annexés, en protestant avec éclat contre la violation de leur droit. Et voilà pourquoi, dans sa rage féodale, M. de Bismarck, qui a passé sa vie à piétiner le droit, n'a cessé d'accabler nos malheureux compatriotes du poids de son courroux, et voilà pourquoi il s'ingéniait, sans cesse, à les torturer par tous les moyens à sa disposition.

On fera quelque jour l'histoire des souffrances sans nombre endurées par ces malheureuses populations, innocentes des péchés qu'on prétendait leur faire expier, et cette histoire laissera une tache ineffaçable sur la mémoire de celui ou de ceux qui ont été les bourreaux de ce pays infortuné.

Mais M. de Bismarck vient, lui-même, d'éprou-

ver la puissance des droits qu'il a mis toute sa
vie à nier. Il subissait le vote populaire comme
une nécessité, mais il professait le plus profond
mépris pour l'opinion du peuple, qu'il espérait
diriger à son gré, jusqu'à la fin de ses jours.
Le peuple, lassé de sa dictature, lui a courageusement signifié son congé en élisant une majorité d'opposition, et le jeune empereur d'Allemagne, qui veut être après tout un homme de
son temps ou, du moins, le paraître, a cédé sans
difficulté au vœu populaire, en éloignant du
pouvoir l'homme qui l'avait occupé, sans inter-
ruption, depuis un quart de siècle, et auquel
personne, même parmi ses adversaires, ne
dénie le mérite d'avoir unifié l'Allemagne et
porté la dynastie prussienne au plus haut degré
de puissance.

La force peut bien dominer le droit pendant
un temps, mais le droit ne périt pas et, un jour,
reprend sa revanche ! Que cet événement mé-
morable serve d'exemple aux hommes d'État
qui seraient tentés de nier la puissance de
l'idée !

Napoléon aussi, dans sa toute-puissance,
avait le plus profond mépris des idéologues;

mais l'idée, qui subsiste même après la mort
des idéologues, a eu raison de lui.

Résumons-nous donc et disons que l'annexion
de l'Alsace-Lorraine est une cause de troubles
dans la politique européenne, qu'elle est une
monstruosité, car elle est le plus éclatant
exemple de la violation du droit.

Voilà pourquoi la France ne peut pas renoncer à l'espoir de voir cette province lui revenir
dans un avenir plus ou moins prochain. Et
quel que soit le gouvernement qui préside à ses
destinées, quels que soient les hommes d'État
qui le dirigent, elle ne peut spontanément
renoncer à ce *droit*. Elle peut d'autant moins
y renoncer que la fidélité des Alsaciens-Lorrains
le lui rappelle constamment.

Et cela est si vrai, et les Allemands eux-
mêmes sont, dans leur for intérieur, si pénétrés de cette vérité, que le gouvernement impérial ne cesse de mettre en œuvre toutes les
ressources dont il dispose pour faire disparaître
les sentiments français du cœur des annexés.

Tandis que le gouvernement français, après
l'annexion de l'Alsace à la France, en 1648,
avait laissé aux habitants leurs coutumes et

leur langue, le gouvernement allemand fait les
efforts les plus énergiques pour extirper le
français des provinces annexées, au point qu'il
empêche l'enseignement du français dans les
écoles de tout ordre, non seulement dans les
écoles publiques, mais encore dans les écoles
privées; et qu'il poursuit de ses sévérités jusqu'aux personnes qui, gratuitement, enseignent
le français à des enfants du peuple dans leurs
appartements privés.

Toute manifestation de sympathie envers la
France, même la plus innocente, est punie des
peines les plus sévères au même degré que les
délits les plus dégradants.

Au xviie siècle, le principe du droit de conquête n'était pas contesté et le droit, pour les
populations, de décider elles-mêmes de leur sort,
ne faisait pas partie du Code international.
Aussi le gouvernement de Louis XIV et celui
des rois ses successeurs n'avaient-ils pas jugé
nécessaire d'imposer la langue française pour
justifier l'annexion.

A cette époque, l'annexion d'une province
était la consécration nécessaire et acceptée
d'une guerre heureuse : nous avons expliqué

en quoi le droit moderne diffère, sur ce point,
du droit ancien.

Est-il besoin, après avoir établi, d'une façon
qui nous paraît irréfutable, ce grand principe
du droit moderne et après l'avoir appliqué au
cas de l'Alsace-Lorraine, est-il besoin, dis-je,
d'expliquer les raisons d'ordre militaire pour
lesquelles la France ne peut renoncer à cette
province ? Est-il nécessaire de démontrer, en
suivant le tracé de sa frontière de l'Est, qu'elle
n'est plus en sécurité et que cette insécurité
l'oblige à des armements sans cesse croissants
à mesure que les Allemands eux-mêmes aug-
mentent leurs forces offensives? Est-il besoin
d'insister sur le danger d'investissement rapide
que court la capitale dont la distance à la frontière allemande a été considérablement dimi-
nuée ?

Non, tout ce soin est superflu, car en Allemagne, aussi bien qu'en France, tout le monde
est fixé là-dessus ; et personne ne peut nier que
la question de sécurité vient au secours (si tant
est qu'elle soit nécessaire !) à l'argument capital, à mon sens, que j'ai donné tout à l'heure.

Il est vrai que l'Allemagne peut objecter

qu'elle a annexé l'Alsace-Lorraine précisément
pour empêcher les agressions de la France et
pour la réduire à la défensive.

Cette objection n'est valable qu'en apparence.
Car si le traité de Francfort avait laissé les
frontières de la France intactes, celle-ci eût été
trop heureuse d'en être quitte pour une somme
d'argent.

Aucun Allemand ne peut prétendre que le
paiement de l'indemnité de cinq milliards,
quelque considérable qu'elle soit, ait jamais été
invoqué par des Français comme un grief
contre l'Allemagne.

L'effort considérable fait après la guerre pour
reconstituer l'épargne française a permis d'en
effacer toutes les traces matérielles et, sans la
nécessité de pousser constamment aux armements, de perfectionner d'une manière inces-
sante notre matériel militaire et maritime, les
cinq milliards payés à l'Allemagne auraient
déjà disparu de notre dette publique.

L'Allemagne, de son côté, ne peut prétendre
qu'elle n'a fait que suivre la France dans la
voie des armements. En effet, dès la conclusion de la paix, instruite par l'expérience de la

guerre qu'elle venait de soutenir victorieusement, elle s'est remise au travail pour perfectionner ses institutions militaires, pour augmenter ses effectifs et pour renouveler son
armement. Sous peine de déchoir complètement
de son rang de grande puissance et de ne plus
devoir son indépendance qu'à la tolérance de
son puissant voisin, la France était donc dans
la nécessité absolue de travailler de toutes ses
forces à reconstruire sa puissance militaire.

Est-il admissible qu'un pays qui a joué un si
grand rôle dans la civilisation du monde, depuis tant de siècles, consente à renoncer à toute
influence politique au dehors ? Peut-on supposer qu'une nation fière à juste titre de son glorieux passé, qui est arrivée non seulement à un
grand degré de richesse, mais qui par son génie inventif, par sa littérature et par ses arts, a
tenu pendant si longtemps un rang élevé et
souvent le premier rang, parmi les nations
garde dans ses destinées la confiance nécessaire
au développement de sa civilisation, si elle n'a
pas auparavant assuré la sécurité matérielle de
ses frontières ? N'est-il pas évident, au contraire, que si cette sécurité lui fût devenue

indifférente, si le souci de son indépendance
avait disparu, elle aurait par là même donné la
preuve la plus certaine de la décadence de son
esprit ? N'eût-il pas été démontré par là que
ses défaites étaient méritées et que tout espoir
de relèvement moral et même matériel était
perdu ? Qui ne comprend qu'en s'abandonnant
elle-même elle aurait été abandonnée de tout le
monde, et qu'en perdant toute influence politique elle aurait perdu toute sa force d'expansion
commerciale au dehors ; et qu'elle se serait
rapidement appauvrie sans que, pour cela, sa
résignation pacifique lui eût été d'aucun secours ?

Oui, la France aurait ainsi donné le lamentable spectacle d'une grande nation qui a perdu
tout espoir, toute foi dans l'avenir, et serait
rapidement arrivée à un degré de dégrada-
tion dont certaines nations d'Orient ont donné
jadis le lamentable spectacle,

Qui donc pouvait conseiller à la France de
jouer un rôle aussi vil au point d'en faire une
nation de cuisiniers, de baladins et d'histrions
comme, autrefois, les Grecs de la décadence, —
Græculi comme disaient les Romains ? Non, nos

ennemis eux-mêmes sont obligés de reconnaître qu'après 1871 la France n'avait d'autre
alternative que de disparaître comme nation en
s'abandonnant elle-même, ou d'essayer de reprendre son rang dans le monde en reconsti-
tuant à tout prix son état militaire ; et l'imprévoyance de leurs hommes d'État a consisté à ne
pas le comprendre avant d'exiger la cession
de l'Alsace-Lorraine.

Au contraire, si l'Allemagne se fût con-
tentée d'exiger une rançon de cinq millards, la
France, après l'avoir payée avec la facilité que
l'on a vu, pouvait se borner à reconstituer
son armée sur un pied relativement modeste et
aurait porté en toute liberté son activité vers
tous les arts de la paix. Le paiement d'une con-
tribution de guerre même excessive lui aurait
paru comme un châtiment mérité pour avoir
supporté un gouvernement inepte qui, inconscient du danger qu'il lui faisait courir, avait
témérairement déclaré la guerre pour un motif
des plus futiles.

L'Allemagne de son côté, satisfaite de gloire
et d'argent, tranquille désormais sur ses frontières de l'Ouest après s'être attiré la recon-

naissance de la France pour sa modération, pouvait partiellement désarmer à son tour et donner à son industrie et à son agriculture une impulsion considérable avec les sommes extorquées à la France.

La paix de Francfort pouvait mettre fin à l'inimitié séculaire entre la France et l'Allemagne. En effet, celle-ci était unifiée sous la main puissante des rois de Prusse qui, depuis un siècle et demi, avaient suivi avec persévérance cette grande pensée politique de l'unification de l'Allemagne sous le sceptre des Hohenzollern. Les trente-six États de la confédération germanique, véritable mosaïque aux contours enchevêtrés, qui étaient un obstacle à l'accroissement légitime d'une grande race, — comme la race allemande — dans le monde, avaient disparu et fait place à une grande nation, patrie unique de tous les Allemands. Et dès lors, ayant rempli tout son programme politique au point de vue extérieur, l'Allemagne pouvait s'adonner en toute liberté à la solution des difficultés intérieures et au développement de la civilisation.

Je me rappelle, à ce propos, une conversation que j'ai eue avec un négociant allemand qui, après m'avoir fait une profession de foi des plus pacifiques, m'a déclaré que le plus grand bienfait que les événements de 1870 ont procurés à l'Allemagne, c'est la suppression de cette infinité de principautés, ayant chacune son système de monnaie et de mesures, ses règlements et son droit spécial, autant d'obstacles au développement du commerce.

C'est ainsi que la Prusse, par l'institution du Zollverein qui supprimait les douanes entre États allemands, avait préparé l'unification politique.

Cette unification a été un véritable bienfait pour ce pays morcelé depuis des siècles et a été la cause du développement industriel et commercial si considérable, dans ces dernières années et, par conséquent aussi, la cause de l'accroissement de l'aisance dans toutes les classes de la société, ainsi que de la richesse publique.

Car l'Allemagne n'est plus, — il est bon qu'on le sache en France, — le pays pauvre que nous avons connu il y a vingt ans. Elle s'est considérablement enrichie dans ces dernières années et est actuellement en pleine prospérité. J'ai trouvé, en la parcourant, des signes indubitables de cet accroissement de richesse dont le plus évident est l'extension de confortable dans toutes les classes de la population.

La seule chose qui manque à l'Allemagne pour égaler la France sous ce rapport, c'est la richesse du sol. Les habitudes d'ordre et d'épargne n'y sont pas non plus aussi générales qu'en France. Et même cet accroissement rapide de richesses dû au développement inouï de l'industrie et du commerce y a fait naître un faux luxe coûteux et de mauvais goût ainsi que des habitudes de gaspillage qui font de grands ravages dans l'économie domestique. Enfin , l'existence d'une grande féodalité terrienne empêche l'aisance de devenir aussi générale qu'en France.

L'Allemagne est actuellement dans la situation d'un parvenu de la fortune, et la génération actuelle, qui n'a connu ni la simplicité patriarcale ni les mœurs douces mais austères de la vieille Allemagne, gaspille les richesses rapidement acquises par les pères en véritables fils de famille, et c'est là pour les hommes at-

2

tentifs un véritable point noir à l'horizon.
Mais il ne faut pas que nous nous laissions aller à des illusions : l'Allemagne, à moins d'une
catastrophe comme celle qui atteignit la France
en 1870, s'enrichira de plus en plus, grâce à
l'esprit entreprenant et à l'activité extraordinaire déployée par ses industriels et ses commerçants, et, si nous nous endormons dans
notre sécurité, nous pourrons nous attendre à
un réveil pénible.

J'arrête ici cette digression qui n'est pas
inutile puisqu'elle fait ressortir les motifs pro-
fonds qui attachent les Allemands à l'ordre de
choses actuel; c'est précisément parce qu'il remonte à la conquête de l'Alsace-Lorraine, que
la nation tout entière est attachée à cette conquête, sans le moindre souci des souffrances
que cette malheureuse province endure.

L'annexion de l'Alsace-Lorraine a été une de
ces fautes qu'une nation expie un jour dure-
ment, mais qu'elle ne répare pas de son propre
gré.

Résumons-nous donc en disant que l'annexion de l'Alsace-Lorraine a été, de la part
de l'Allemagne, une faute presque irréparable;

que la France ne peut pas accepter le fait accompli parce qu'elle consacrerait, de sa propre volonté, ce qui est, — dans l'état actuel de la civilisation, — le plus monstrueux attentat contre le droit; et qu'enfin sa sécurité se trouve compromise tant qu'elle n'a pas recouvré les anciennes frontières.

Telle est la réponse à la question qui fait l'objet de ce chapitre.

CHAPITRE III

L'ALLEMAGNE PEUT-ELLE SPONTANÉMENT RESTITUER
L'ALSACE-LORRAINE A LA FRANCE?

Nous avons essayé de démontrer d'une façon précise en quoi consiste l'erreur des hommes d'État qui ont poussé le gouvernement
allemand à annexer l'Alsace-Lorraine. Il faut
ajouter que cette annexion est pour la France
une cause d'humiliation indéniable et où la
vanité nationale n'a rien à voir. La France
s'est mise à douter de ses propres destinées,
et l'état d'irritation où ce doute a plongé
toute la nation est une des causes cachées
mais réelles des difficultés de sa politique intérieure, au point que tous ceux qui réfléchissent
ont acquis cette conviction que ces difficultés ne
trouveront leur solution que sur les bords du
Rhin. C'est même à l'explosion de ce sentiment
que le général Boulanger a dû le plus clair de

2.

sa popularité, parce que le peuple, aveuglé sur
le mérite de cet homme, a cru qu'il était capable de restituer à la France sa sécurité extérieure en même temps que sa tranquillité intérieure en opérant la réconciliation de tous les
partis politiques, ce qui est le vœu secret de
tous les bons citoyens.

D'un autre côté, nous avons vu que les Allemands, pénétrés des bienfaits que la guerre
de 1870 a procurés à leur nation; témoins de
l'accroissement considérable de prospérité qui
en a été la suite, tremblent à l'idée de toucher
à l'organisation qui a fait la grandeur du pays;
et l'Alsace-Lorraine fait partie de cette organisation. Ce serait y toucher que de restituer
cette province à la France, et ils peuvent craindre de voir les avantages matériels obtenus
pour leur pays s'évanouir à la suite d'un pareil
événement.

Sans doute, ils se trompent en raisonnant
ainsi; mais il est bien difficile de convaincre
une nation tout entière de son erreur, surtout
quand cette erreur fait partie de son patriotisme et touche à sa prospérité, et il peut sem-
bler aux hommes d'État allemands que la perte

d'une telle illusion porterait une rude atteinte au patriotisme au point qu'ils puissent désirer que cette illusion subsiste le plus longtemps possible.

J'ai donc la conviction intime que, dans l'état actuel de l'opinion allemande, il serait impossible au gouvernement impérial de restituer l'Alsace-Lorraine et que, d'ailleurs, cette pensée n'est même jamais venue à l'esprit de ceux qui le dirigent.

Il est vrai que la direction de la politique allemande a déjà changé depuis la retraite de M. de Bismarck et changera vraisemblablement de plus en plus.

L'empereur Guillaume II, débarrassé de la lourde tutelle du vieux chancelier qui a constitué l'unité de l'Allemagne, mais qui, dans l'exercice du pouvoir, s'inspirait des maximes d'un autre âge, l'empereur Guillaume II, dis-je, a incontestablement une tournure d'esprit plus moderne, et l'initiative fébrile, décousue, en apparence, qu'il a manifestée, si elle inspire des craintes et des doutes aux vieillards, n'est pas sans intéresser les jeunes générations.

On le dit d'ailleurs conseillé par sa mère, la

veuve de l'empereur Frédéric, femme intelli-
gente et fortement pénétrée des idées de feu son
époux. De telle sorte que ce fils qui, dans son
impatience de régner, n'avait supporté les
quelques mois de règne de son père qu'avec
une impatience fort mal dissimulée et qui a fait
fort mal augurer des qualités de son cœur ;
qui, poussé par Bismarck comme par le génie
du mal, insultait à la douleur de son père mo-
ribond en allant à San-Remo voir si la mort se
dépêchait d'accomplir son œuvre ; lui-même
qui naguère avait laissé opérer des perquisitions
chez sa mère l'impératrice d'hier, fille elle-
même d'impératrice, et l'avait en quelque sorte
emprisonnée dans son palais ; c'est lui-même
qui, aujourd'hui, repentant et soumis, écoute
la sagesse de sa mère et s'inspire auprès d'elle
des maximes de gouvernement de son père qui
n'est plus.

Le souvenir n'est pas perdu de la proclamation de Frédéric, à son avènement, qui avait
stupéfié les vieux hobereaux et exaspéré Bismarck : « Peu soucieux de l'éclat des grandes
actions qui apportent la gloire, je serai satis-
fait si, plus tard, on dit de mon règne qu'il a été

bienfaisant pour mon peuple, utile à mon pays et une bénédiction pour l'Empire. »

C'est ainsi que s'exprimait ce sage qui, malheureusement pour la paix de l'Europe, n'a régné que quelques mois. Guillaume II aurait-il pris la résolution de devenir ce sage qu'avait été son père et étonner, à son tour, l'Europe par la rapidité de sa conversion ? C'est là le secret de l'avenir.

Quelle était donc la pensée de Frédéric III au sujet de l'Alsace ?

Sans qu'il soit bien prouvé qu'il en ait déconseillé l'annexion en 1871, nous savons qu'il pensait à la neutraliser ; mais rien n'autorise à supposer qu'il était disposé à aller plus loin dans la voie de la conciliation avec la France.

Peut-être jugeait-il cette première concession comme une étape indispensable et que, dans l'intérêt du trône impérial, il était nécessaire de s'y arrêter quelque temps avant d'aboutir à la solution finale ? Toutes les conjectures sont permises à cet égard. Mais sa veuve seule est dépositaire de sa pensée et nous la connaîtrons certainement dans un avenir plus ou moins **éloigné.**

Guillaume II ira-t-il jusqu'à proposer la neutralisation de l'Alsace-Lorraine? Nous n'en savons absolument rien. A plus forte raison ignorons-nous ses intentions plus éloignées, et il est permis de penser qu'il n'a pas lui-même encore porté ses regards aussi loin.

Ce qu'il y a de certain, c'est que ni l'Allemagne ni son gouvernement ne sont prêts à consentir à une rétrocession de l'Alsace-Lorraine, et qu'il faudra de bien grands événements pour que cette éventualité y soit sérieusement examinée.

CHAPITRE IV

LA NEUTRALISATION DE L'ALSACE-LORRAINE.

La seule supposition permise est que si Guillaume II continue à subir l'inspiration de sa mère, il pourra arriver un moment où il consente à la neutralisation de nos provinces perdues.

Il est nécessaire de nous arrêter un instant à cette hypothèse et d'examiner les conséquences probables de sa réalisation.

Il me paraît d'abord incontestable que la neutralisation de l'Alsace-Lorraine paraîtra, aux yeux de l'univers entier, comme une concession faite par l'Allemagne à la France. Cette concession, le gouvernement allemand devra être en mesure de la justifier aux yeux de l'opinion de son pays : ou la France, ayant contracté une alliance avec une grande puissance, l'Allemagne craignant l'action combinée de ces

deux nations contre elle, espérera acheter par
là l'inaction de la France, ou elle nous demandera une compensation pour cet acte de générosité.

J'ai beau chercher, je ne vois pas quelle
compensation la France peut accorder à l'Allemagne pour la neutralisation de l'Alsace-Lorraine : j'écarte donc le second cas. Passant
au premier, il me paraît nécessaire, d'abord,
d'examiner si cette neutralisation améliorerait
la situation de la France, et dans quelle mesure.

La neutralisation de l'Alsace-Lorraine signi-
fierait que les armées allemandes et françaises
seraient rigoureusement exclues de son territoire. Il n'y aurait plus alors aucun point de
contact entre les deux nations, qui seraient séparées de la mer du Nord jusqu'aux Alpes par
une longue ligne de territoires neutres, c'est-à-
dire infranchissables aux armées ; et il semble
qu'alors commencerait une ère de paix perpé-
tuelle entre les deux nations.

Il convient d'analyser rigoureusement cette
hypothèse.

Nous supposerons, bien entendu, que la neutralité de tous ces territoires sera scrupuleusement respectée par l'une et l'autre nation et qu'elles se conformeront rigoureusement, toutes deux, aux obligations que les traités leur imposent. L'Allemagne, dont les frontières resteront ouvertes vers le Sud et vers l'Est, sera encore exposée à des conflits avec les nations qui l'avoisinent. Bien plus, délivrée de tout souci du côté de l'Ouest, il est probable que son activité croîtra sur ses autres frontières et, par conséquent, elle sera d'autant plus entraînée dans des guerres avec ses autres voisins que le contrepoids de la France fera défaut.

Celle-ci, délivrée de toute crainte du côté de l'Allemagne, pourra alors désarmer, au moins dans une grande proportion, à moins qu'elle ne soit entraînée dans des conflits avec ses voisins du Sud, l'Espagne ou l'Italie. On peut même supposer que, délivrée de la crainte de l'Allemagne, elle soit beaucoup moins disposée à endurer les injures de l'Italie et soit tentée de lui faire la guerre, ou que l'Italie elle-même ne soit tentée, de son côté, de profiter du désarmement de la France pour lui déclarer la guerre.

D'autres hypothèses peuvent encore surgir,
mais il me paraît qu'il n'y a aucun intérêt à
les examiner.

Ce qu'il y a de plus probable, c'est que la
France, ayant d'un côté une frontière infranchissable et, des autres, la mer ou des montagnes comme les Pyrénées et les Alpes comme
limites, se trouverait subitement placée dans
une situation assez analogue à celle de la
Grande-Bretagne et cesserait d'être une grande
nation militaire.

Cependant, sa situation serait bien inférieure
à celle de l'Angleterre. D'abord, sa marine est
moins puissante et, sa population maritime
étant bien inférieure, comme nombre, à celle
de ce royaume, son commerce extérieur étant
beaucoup plus restreint que le sien, il est certain que jamais la différence de puissance entre
les deux marines ne sera comblée.

D'autre part, l'Angleterre a un immense empire colonial qu'on peut diviser en deux parties : d'abord les Indes, dont la population
énorme exige le maintien sur place d'une armée considérable qui est entretenue aux frais
de la colonie dont la population et les produits

font la richesse; puis, les colonies de peuplement telles que le Cap, le Canada et, surtout, l'Australie qui ajoutent à sa puissance militaire aussi bien qu'à sa richesse, tandis que les colonies françaises sont disséminées, faiblement peuplées et ne peuvent suffire à l'entretien des petites armées que nous y envoyons. En outre, elles sont pour la plupart inhabitables pour des Européens et ne sauraient, par conséquent, devenir des colonies de peuplement. La France ne pourrait donc compter sur l'appui de ses colonies pour entretenir sa puissance militaire.

D'ailleurs, étant donnés les habitudes de rapacité de l'Angleterre et le médiocre souci de l'observation des traités, qu'elle a montré de tout temps, nous serions exposés à voir nos meilleures colonies tomber peu à peu entre les mains des Anglais.

En résumé, la neutralisation de l'Alsace-Lorraine serait la cause d'une décadence militaire très rapide de la France et aurait pour conséquence probable la perte de ses colonies. En d'autres termes, la France cesserait d'être une grande nation et tomberait rapidement au rang de l'Espagne ou de la Hollande.

En outre, ayant cessé d'être un facteur important de l'équilibre européen, les convoitises des nations belliqueuses et envahissantes en seraient accrues, et les nations secondaires de l'Europe finiraient par disparaître sous les coups de celles qui auraient conservé leur puissance militaire. Je ne crois pas qu'un pareil état de choses soit souhaitable pour l'Europe ni pour la civilisation générale du monde, à laquelle la France, déchue de sa grandeur, et probablement entraînée dans une rapide décadence, cesserait d'apporter le contingent que son étendue, sa population, son passé historique lui imposent. Il faut ajouter ceci : c'est que, n'étant plus occupée de sa sécurité au dehors, la France perdrait tout à coup son équilibre intérieur, et on verrait se développer chez elle des forces antagonistes que le défaut d'emploi à l'extérieur rendrait extrêmement redoutables pour son repos. En d'autres termes, elle ne tarderait pas à être livrée à des discussions intestines et à des convulsions qui lui feraient rapidement regretter l'époque où elle luttait pour sa sécurité sur ses frontières.

La solution que nous examinons n'est donc

souhaitable, ni pour la France, ni pour l'Europe.

Mais nous nous sommes placé dans la supposition où la neutralisation de l'Alsace-Lorraine ne courrait aucun risque d'être violée; et on est en droit de se demander si cette supposition est raisonnable.

Nous accordons que, pendant les premières années, les frontières de cette province ne seront pas violées. Mais il arrivera certainement, par la suite, que Français et Allemands intrigueront pour attirer à eux les habitants; les uns s'appuyant sur le sentiment patriotique des populations, les autres sur l'influence acquise par une occupation récente.

D'ailleurs, les Allemands occupent l'Alsace-Lorraine, en nombre de plus en plus grand, à mesure que l'émigration fait le vide dans la population indigène ; il arrivera donc un moment où le nombre des Allemands immigrés sera dans une proportion importante avec celui des autochtones. Ensuite, la neutralisation de l'Alsace-Lorraine paraîtra un grand bienfait pour les habitants en les délivrant du souci de l'invasion et de l'oppression du vainqueur. Par

conséquent, à mesure que l'esprit particulariste,
— qui a toujours existé dans ces contrées, —
ira en se développant, la haine de l'Allemand
diminuera rapidement pour les raisons que
nous venons d'indiquer et, par conséquent, le
souvenir du patriotisme français s'émoussera
de plus en plus. Il arrivera donc un moment,
qui ne sera pas très éloigné, où les sentiments
gallophiles et germanophiles s'y équilibreront.
L'on peut se demander si Français et Allemands attendront jusqu'à ce moment pour
entrer de nouveau en conflit.

Et, d'ailleurs, y a-t-il un seul territoire neutre complètement à l'abri d'une incursion ?

Les auteurs qui ont écrit sur le droit des gens,
Bruntchli, Vatel et autres, n'ont-ils pas admis
qu'un territoire neutre peut être traversé par
une armée lorsqu'elle juge cette violation de
frontière nécessaire à sa sécurité?

L'Allemagne a respecté la neutralité de la
Belgique et celle de la Suisse en 1870. La res-
pectera-t-elle à l'avenir? Ne savons-nous pas, au
contraire, par des révélations récentes et qui
n'ont été que faiblement et incomplètement dé-
menties, qu'elle a imposé au roi des Belges un

traité en vertu duquel les Allemands seraient
autorisés à envahir la Belgique en cas de guerre
avec la France, et à tourner ainsi les obstacles
formidables accumulés sur notre frontière de
l'Est ?

L'armée française, acculée à Sedan, a pré-
féré se laisser écraser par l'armée allemande
plutôt que de franchir la frontière belge, ce qui
l'eût sauvée (tellement le sentiment du droit est
puissant sur des âmes françaises!), et quelques
débris de cette armée, réfugiés sur le territoire
belge, se sont laissé désarmer sans résistance.
Mais peut-on répondre qu'il en sera de même
dans l'avenir?

N'est-il pas infiniment probable que le souvenir même de ces événements donnera le pas
aux principes utilitaires enseignés par tous les
auteurs allemands qui ont écrit sur le droit des
gens, et que le souci du salut de l'armée et de
la patrie fera passer des chefs militaires sur
des scrupules de conscience?

En outre, la frontière suisse a été franchie
par une armée française, après des négociations
et à la suite d'une capitulation. Mais on ne peut
oublier que, pendant ces négociations, l'armée

française, qui se croyait couverte par l'armistice, a été assaillie par les Allemands et a enduré, pendant sa retraite sur le territoire suisse, des souffrances inouïes. Ce souvenir sera même un argument puissant aux yeux d'un général d'armée pour étouffer les scrupules qu'il pourrait avoir à violer un territoire neutre si, en le faisant, il assure le salut de son armée.

Je conclus de là, et en me basant précisément sur les circonstances de la dernière guerre, que la neutralité d'un territoire n'est pas une garantie absolue de l'inviolabilité de ses frontières, et qu'en particulier la neutralisation de l'Alsace-Lorraine ne mettrait pas un obstacle absolu à la guerre entre Français et Allemands.

J'ai démontré d'autre part que cette neutralisation n'est à aucun point de vue avantageuse pour la France.

Dans ces conditions, le patriotisme nous oblige à la repousser. On pourrait, il est vrai, étendre cette proposition et imaginer une fédération d'États neutres, Belgique, Luxembourg, Alsace-Lorraine, Suisse, formant un cordon ininterrompu et constituant une agglomération humaine assez nombreuse pour défendre sa neutralité et en assurer l'observation. Mais il faut remarquer que cette agglomération ne fait qu'un total de 11 millions d'habitants environ qui, réunis dans une contrée compacte et entourée de frontières naturelles, pourrait opposer un obstacle sérieux à l'invasion ; tandis que les conditions réelles sont tout autres et, même, tout opposées.

Cette population, relativement faible, se trouve répartie sur une ligne longue de 700 kilomètres et qui, en certains endroits, n'offre qu'une profondeur de quelques lieues. Cette région est de plus dépourvue de frontières naturelles dans sa plus grande étendue. Dans ces conditions, elle ne se trouve pas en état d'assurer elle-même sa défense contre de puissants voisins.

Cette combinaison aurait, d'ailleurs, ce désavantage d'exiger, de la part des États confédérés, des dépenses militaires constamment croissantes sans que leur sécurité en soit assurée.

En un mot, elle n'est pas pratique et ne mérite pas de fixer davantage notre attention.

3.

CHAPITRE V

CONDITIONS DE L'ÉTABLISSEMENT D'UNE PAIX
UNIVERSELLE.

Nous voici donc arrivé, par élimination, à
cette double conclusion qu'une paix durable ne
peut être rétablie entre la France et l'Allemagne que par la restitution de l'Alsace-Lorraine,
et qu'à moins de circonstances extraordinaires,
cette solution ne sortira que d'une guerre où
la France serait victorieuse.

Voilà précisément pourquoi la paix est si
précaire !

Nous ferons cette seule observation que cette
conclusion, si pénible pour les amis sincères de
la paix, — et nous nous rangeons sans hésiter
parmi ceux-là, — a été déduite sans parti pris
de notre part et sans déclamation de l'examen
des conditions où le traité de Francfort a placé
les deux nations contractantes. Et l'on peut

mesurer ainsi, d'une façon en quelque sorte mathématique, l'étendue de la faute commise par les plénipotentiaires allemands en arrachant deux provinces à la France.

Cependant, nous avons mis une condition à notre conclusion : « à moins de circonstances extraordinaires » avons-nous dit. Et nous avons, plus haut, écarté de ces circonstances la possibilité d'une restitution spontanée de l'Alsace-Lorraine par le gouvernement allemand, — au moins pendant une longue série d'années encore.

Il faut donc que nous essayions de préciser ces circonstances extraordinaires pour donner à notre argumentation toute sa portée.

Mais, auparavant, il nous convient d'examiner si le retour pacifique de l'Alsace-Lorraine à la France assurerait la paix entre notre pays et l'Allemagne, car, s'il n'en était pas ainsi, il deviendrait superflu de rechercher les circonstances dans lesquelles cette rétrocession pourra avoir lieu, dans un avenir plus ou moins éloigné.

La rétrocession de l'Alsace-Lorraine produirait dans notre pays une joie délirante et don-

nerait en même temps au gouvernement répu-
blicain une sorte de consécration nouvelle et
élevée qui ferait de cet événement le point de
départ d'une ère nouvelle où il serait facile de
mettre fin à l'opposition inconstitutionnelle. Ce
serait, pour peu que le gouvernement fût habile, non pas la fin des partis, — car il y aura
toujours des partis, même dans les pays les plus
unis, — mais la fin de la désunion entre Français qui rend notre politique contemporaine
à la fois si obscure et si désagréable.

Cette « renaissance » de concorde disposerait
le pays à la paix et l'Allemand cesserait évidemment d'être l'ennemi. Les cinq milliards
sont bien oubliés à l'heure qu'il est ; *a fortiori*
n'en serait-il plus question alors.

Des relations non seulement pacifiques, mais
encore amicales, ne tarderaient pas à se produire, pour la première fois, entre les deux nations ; les échanges se multiplieraient pour le
plus grand bénéfice de chacune d'elles et les
deux civilisations, non pas opposées, mais différentes, se pénétreraient en faisant profiter
chacune des deux nations des qualités de
l'autre.

La France, d'ailleurs, n'aspire à aucune conquête et, même victorieuse dans une guerre, n'aurait pas le moindre désir d'annexer des territoires allemands.

La rive gauche du Rhin? Elle la possédait en 1796, et les populations de ce qui forme actuellement la Prusse rhénane, heureuses d'être délivrées du joug féodal, avaient accepté avec enthousiasme la liberté que les armées de la République lui avaient apportée, et si, depuis cette époque, elles avaient vécu sous les lois françaises, elles seraient actuellement aussi françaises, aussi patriotes que nos populations de l'Est.

Mais, séparées de la France depuis plus de soixante ans et par tant d'événements tragiques, elles sont redevenues complètement allemandes. La génération actuelle et déjà celle qui la précède ont été élevées dans les idées allemandes et ont été pénétrées de la mentalité allemande : leur patriotisme allemand ne peut faire l'ombre d'un doute.

Je me rappelle, à ce propos, un voyage que je fis en Allemagne, en 1872. Je logeais à Stollberg, ville industrielle entre Aix-la-Chapelle et

Cologne, dans une auberge modeste, mais fort
bien tenue. Les repas se prenaient à table
d'hôte, dont le haut était occupé par l'aïeul, un
vieillard narquois, très vert encore malgré son
âge; puis venaient sa femme, sa fille, qui était
veuve, et son petit-fils, un grand gaillard de
mon âge et qui avait fait campagne en 1870
comme volontaire, comme moi : lui dans l'armée prussienne, moi dans l'armée française.

Je me souviens qu'après le premier repas,
j'abordai le vieillard, à la boutonnière duquel
j'avais remarqué la médaille de Sainte-Hélène,
et lui dis : Mais vous êtes Français, vous.— Oui,
je le suis, répondit-il; du moins, je l'ai été;
j'ai fait partie de la Grande Armée. C'était le
beau temps, alors; la France était grande et
nous étions fiers d'être Français. Depuis, les
temps ont bien changé; la France est bien ou-
bliée et, voyez-vous, la grande nation, aujour-
d'hui, c'est la Prusse. Aussi, mon petit-fils est-
il Prussien et fier de l'être : il a sans doute
raison. »

Puis, on passa à la salle de billard et le soldat de la Grande Armée me proposa une partie
de billard avec son petit-fils. J'étais de force

bien ordinaire; mais à l'école Polytechnique j'avais appris à jouer sur d'immenses billards de telle sorte qu'en jouant sur un billard plus petit, comme était celui de l'auberge, j'avais certains avantages dont je profitai, naturellement, dans la circonstance : le jeune Prussien fut absolument battu.

La salle de consommation s'était remplie, dans l'intervalle, et mon partenaire avait engagé certains clients à faire une partie de quilles à laquelle je fus invité avec l'ami qui m'accompagnait : il s'agissait de prendre la revanche du billard. La chance nous favorisa, mon ami et moi, et nous battîmes les Allemands à plate couture. Le vieux exultait : « C'est comme de mon temps, dit-il; les Français battaient les Allemands à tous les jeux. Mais, c'est égal, ajouta-t-il en baissant la voix : la France n'est plus la grande nation, et nos jeunes gens ont raison d'être Allemands. »

J'ai cité cette simple anecdote, pour montrer par un exemple précis quelle est la nature des sentiments qui animent les habitants actuels de la rive gauche du Rhin et pour corroborer l'opinion, que j'ai émise plus haut, qu'ils sont absolument et irréductiblement Allemands.

Dans ces conditions, la France, victorieuse de l'Allemagne, ferait non seulement une mauvaise action en annexant leur territoire, mais une faute analogue à celle que fit la Prusse, en 1871, en annexant l'Alsace-Lorraine.

C'est pourquoi, si cette province faisait retour à la France, nous aurions lieu d'être satisfaits et, ainsi que je l'ai expliqué, il n'existerait plus aucun obstacle à une bonne entente définitive entre Allemands et Français.

Cet événement produirait, en outre, les conséquences les plus heureuses pour la prospérité des autres États. En effet, la Russie n'ayant plus à craindre de voir l'équilibre de l'Europe détruit au profit de l'Allemagne, la sécurité de la France étant assurée, n'hésiterait pas à rétablir ses relations avec cette puissance sur un pied amical.

La triple alliance serait donc dissoute. L'Italie se verrait, pour le plus grand bien de ses peuples, guérie à la fois de sa gallophobie et de sa mégalomanie et pourrait rétablir ses finances par une politique pacifique et économique. La crise économique terrible qu'elle traverse en ce

moment s'atténuerait peu à peu, et la misère
y serait moins menaçante.

Mais la puissance qui gagnerait le plus à cet
apaisement général, c'est l'Autriche-Hongrie.

Cette puissance se trouve, en effet, dans une
situation des plus périlleuses.

Le dualisme imaginé par M. de Beust et le
Hongrois Deak après le désastre de Sadowa est
la cause de toutes les difficultés où se débat ce
malheureux empire, gouverné par le plus
faible des souverains.

Le dualisme est en effet la domination de deux
minorités : les Allemands et les Hongrois. En
Hongrie même, les Hongrois ou Magyars sont
non seulement en minorité relative vis-à-vis
des Roumains de la Transylvanie et des Slaves
de la Croatie et de la Dalmatie, mais en minorité
absolue par rapport aux Slaves seuls, qu'ils
oppriment. De l'autre côté de la Leitha, les
Slaves de la Bohême et de la Moravie sont également opprimés par les Allemands d'Autriche.

Mais parmi les Magyars eux-mêmes, la classe
dirigeante ne constitue qu'une faible minorité
de hobereaux orgueilleux qui maintiennent le
peuple dans un vasselage permanent.

Cette noblesse turbulente est arrivée, à force d'intrigues, à partager le pouvoir avec les Allemands d'Autriche et, par son appétit dominateur, à mettre en péril non seulement l'unité mais encore l'existence de la monarchie des Habsbourg.

C'est pour satisfaire ces goûts dominateurs que le Hongrois Andrassy a conclu, en 1879, l'alliance austro-allemande avec M. de Bismarck.

L'alliance allemande est nécessaire aux Magyars pour dominer et opprimer les races roumaines et slaves qui forment la majorité dans le royaume de Saint-Étienne. Et c'est par une longue suite de violences et de ruses qu'ils les ont maintenues, depuis des siècles, dans un état voisin de l'esclavage.

A mesure que les races slaves arrivent à la conscience de leur valeur et qu'elles gagnent en civilisation, cette domination — qui n'est qu'un long mensonge historique — devient de plus en plus difficile à maintenir, et ce n'est plus aujourd'hui qu'avec l'aide des Allemands que les Austro-Hongrois y parviennent.

Pour maintenir leur pouvoir, les Magyars

sont dans la nécessité d'attiser constamment la
haine entre Russes et Autrichiens, car la paix
avec la Russie, grande puissance slave, obligerait l'Autriche à faire aux Slaves, qui forment
la majorité de l'empire, la part d'influence qui
convient à leur importance numérique, c'est-à-
dire à renoncer au dualisme et à établir une
confédération entre les différentes nations qui
peuplent le territoire de l'empire, confédération
où chaque race aurait une part d'influence pro-
portionnelle à sa population. Alors, les Slaves,
qui ont la majorité relative dans la nation, dé-
passeraient de beaucoup les Hongrois en influence : c'est ce que ceux-ci ne veulent admettre à aucun prix.

Aussi, dans leur rage de domination, ne ces-
sent-ils de pousser l'empire dans les voies les
plus périlleuses, oubliant que si l'Autriche venait à se disloquer, les Magyars, qui ne représentent pas six millions d'hommes, campés au
milieu d'un vaste territoire où ils ne sont en-
tourés que d'ennemis de leur race, seraient fatalement submergés sous le flot des populations
slaves et roumaines.

Malheureusement pour l'Autriche, les Ma-

gyars ont eu depuis 1866 et jusqu'à ces derniers temps la prépondérance dans les conseils du gouvernement, et M. de Bismarck
a trouvé chez eux, depuis M. Andrassy jusqu'à
M. Tisza, ses lieutenants les plus fidèles.

La politique de M. de Bismarck consistait en
ceci : exciter l'animosité qui existe entre Russes et Hongrois depuis les événements de 1848,
de façon à rendre impossible une entente directe entre la Russie et l'Autriche, et établir la
prépondérance de l'Allemagne dans l'Europe
centrale et orientale, grâce à ces rivalités.

L'influence que l'empereur Guillaume Ier
exerçait sur son neveu Alexandre II, esprit
faible et rêveur, avait entraîné la Russie dans
la triple alliance des empereurs après l'entre-
vue de Skernievice. La mort tragique d'Alexandre II porta un coup fatal à cette politique.
Alexandre III, homme d'un caractère ferme et
décidé, évita de renouveler le pacte conclu par
son malheureux père et rendit à la politique
russe toute sa liberté. C'est alors que, faute de
mieux, M. de Bismarck remplaça la Russie par
l'Italie dans la triple alliance.

Il avait, du reste, trouvé dans ce pays le

terrain admirablement préparé à l'éclosion de
sa politique : le roi Humbert, élevé à la prussienne, n'avait aucune sympathie pour la
France et sa mégalomanie était connue. Son
premier ministre, M. Crispi, qui avait été révolutionnaire pour se faire un nom et une situation, et irrédentiste pour faire opposition au
parti gouvernemental, était arrivé au pouvoir
à un âge assez avancé. Il avait donc hâte de
faire grand et devait saisir avec empressement
l'occasion qui lui était offerte de faire de la
grande politique. Jouer un rôle après Cavour,
qui l'avait méprisé, et surpasser en gloire
celui qu'on appelait le fondateur de l'unité italienne, il y avait de quoi flatter cet Italien vaniteux dont l'esprit est certainement fertile en
intrigues, mais dépourvu de solidité et de grandeur. Il n'a d'ailleurs été, jusqu'au dernier
jour, qu'un jouet entre les mains de Bismarck.
Et lorsque, exagérant les procédés de son mo-
dèle, M. Crispi se signalait par des incartades
intempestives, le Chancelier de fer le secouait
de sa rude main et le remettait lestement à sa
place, certain qu'il n'avait aucune révolte à
craindre d'un homme décidé à subir toutes les

avanies pour satisfaire son ambition de pouvoir.

Cet homme était le digne pendant de l'astu-
cieux Tisza, le président du Conseil hongrois
et le chancelier d'Allemagne n'avait qu'une
crainte, c'est de les trouver tour à tour trop
zélés, l'un dans sa gallophobie, l'autre dans sa
russophobie.

Mais tous les deux travaillaient avec une
égale ardeur à la dislocation de l'empire autrichien : Tisza par son despotisme outrageant à
l'égard des nationalités non magyares dépendant de la couronne de Hongrie ; Crispi en fa-
vorisant dans le Tyrol et le Trentin les aspirations irrédentistes, avec la complicité ouverte
et indécente des représentants du gouvernement allemand et des autorités autrichiennes.

Les périls que court la monarchie autrichienne sont, on le voit, des plus graves et, circonstance navrante, c'est de sa pleine et entière volonté qu'elle s'est liée à ceux qui con-
spirent le plus insolemment à sa perte.

M. de Bismarck a disparu de la scène politique. M. Tisza a quitté le pouvoir quelques
jours avant son chef de file. M. Crispi reste

seul et se débat en ce moment dans les difficultés d'une situation financière et économique
des plus périlleuses. Patientons : l'heure du
châtiment n'est pas éloignée.

Il est téméraire de présumer quelle sera la
politique du jeune empereur d'Allemagne ;
aussi, éviterons-nous de prophétiser en pareille
matière.

Mais ce qu'il y a de certain, c'est que la
réconciliation entre l'Allemagne et la France,
conséquence naturelle de la rétrocession de
l'Alsace-Lorraine, serait par contre-coup le
salut de l'Autriche.

Elle pourrait renoncer du coup au dualisme
et renouveler l'éclat du trône impérial en éta-
blissant une fédération équitable entre les différentes nations de l'empire : alors, les Hongrois,
réduits au seul rôle dû à leur proportion numérique, seraient sans influence et leurs intrigues
sans effet. Dès lors, délivrée de tout souci du
côté des populations slaves, l'Autriche trouverait facilement à s'entendre avec la Russie
pour le partage d'influence dans la péninsule
des Balkans et, d'un autre côté, elle se trouverait en mesure d'en finir rapidement avec la

politique cauteleuse des Italiens qui, livrés à leurs propres forces, perdraient rapidement leur arrogance.

Quant à la Russie, délivrée à l'avenir de toute inquiétude du côté de l'Europe, décidée d'ailleurs à ne chercher aucune extension de territoire du côté de l'Ouest, elle trouverait en Orient un vaste champ ouvert à son ambition et pourrait, en toute sécurité, s'adonner au rôle civilisateur qu'elle y a assumé.

Reste l'Angleterre, la seule grande puissance dont il n'ait pas été encore fait mention dans ce tableau des rivalités politiques entre les nations européennes.

L'Angleterre, depuis qu'elle a perdu ses provinces françaises, c'est-à-dire depuis la fin de la guerre de Cent ans, n'a jamais eu d'influence sur le continent que par l'intermédiaire d'un allié puissant auquel elle assurait, par compensation, des subsides ou des avantages politiques d'un autre ordre.

D'ailleurs, son abstention en 1871, alors que se réglait à Francfort la question de l'équilibre européen, qui avait été, de tous temps, la grande préoccupation de sa politique, a consa-

4

cré sa déchéance. Et si, en 1878, elle a paru
jouer un rôle important dans l'élaboration du
traité de Berlin, c'est grâce à l'influence toute-
puissante de l'Allemagne, dont l'intérêt était,
comme celui de l'Angleterre, d'arrêter l'expansion de la puissance russe et, aussi, il faut
bien le dire, grâce à la faiblesse et à la naï-
veté du gouvernement français, qui s'y fait le
complice inconscient de sa politique astu-
cieuse.

Et en effet, si la France s'était abstenue d'aller au congrès de Berlin, deux éventualités
pouvaient se produire : ou les Anglais seuls
s'attaquaient à la Russie en débarquant dans
la presqu'île de Gallipoli, et les Russes les auraient immanquablement jetés à la mer ; ou
l'Allemagne entrait à son tour en ligne, et alors
l'alliance franco-russe était faite et, n'ayant affaire qu'à la moitié des forces de l'Allemagne,
nous étions en mesure de reprendre notre revanche de 1870.

D'ailleurs, à cette époque, l'Italie n'avait pas
encore dessiné son hostilité contre nous. Et si
l'Autriche, entraînée par l'Allemagne, avait mis
ses armées en campagne, l'Italie se serait ruée

sur le Trentin et sur Trieste, profitant de l'aubaine pour satisfaire ses convoitises.

L'Autriche, d'ailleurs, eût eu fort à faire en Orient, où la Bosnie, l'Herzégovine, la Serbie, le Montenegro et la Bulgarie, sans compter la Grèce, qui ne pouvait rester l'arme au bras au milieu de la conflagration universelle, lui eussent suscité des nuées d'ennemis qui lui auraient barré le passage.

Il est bien impossible d'émettre des conjectures sur les conséquences de cette terrible mêlée entre toutes les nations de l'Europe, mais il est douteux que l'Angleterre s'en fût tirée avec des avantages comparables à ceux qu'elle a retirés du traité de Berlin.

La conquête de la Tunisie par la France (alors que l'Angleterre venait de s'emparer de Chypre sans coup férir, malgré le protocole de désintéressement qu'elle avait signé avec les puissances convoquées à Constantinople) fut l'occasion ou le prétexte saisi par l'Italie pour se déclarer contre nous.

L'Angleterre utilisa habilement son mécontentement pour se préparer à nous évincer de l'Égypte; et c'est ainsi que nous avons échangé une colonie qui nous rapportait cent millions par an (l'Egypte) contre une autre qui ne nous rapporte rien du tout (la Tunisie).

Depuis, continuant la même politique, elle a accédé à la triple alliance, et l'action de sa flotte avec celles des puissances alliées est combinée soi-disant pour maintenir l'équilibre de la Méditerranée, en réalité pour préparer la ruine de la flotte française et pour être ainsi en mesure de s'emparer d'une bonne position stratégique ou de quelque colonie lucrative. Le gouvernement italien est tellement aveuglé par sa gallophobie qu'il ne prévoit pas que l'action de l'Angleterre ne s'exercerait qu'au bénéfice des intérêts anglais dans la Méditerranée et, par conséquent, au détriment de ceux qu'elle possède elle-même dans cette mer : c'est la fable du cheval qui appelait l'homme à son secours pour se venger du loup ; l'homme enfourcha le cheval et força le loup, mais le cheval perdit sa liberté.

Mais si la paix est rétablie en Europe par la restitution de l'Alsace-Lorraine et la disparition de la triple alliance, que fera l'Angleterre ? Elle aura perdu toute influence sur le continent européen et, en Asie, elle se trouvera isolée en face de la puissance colossale de la Russie. Le fameux combat entre la baleine et l'éléphant, prédit depuis cinquante ans, éclatera-t-il alors ? Il est à présumer que les forces anglaises dans les Indes se trouveront trop éloignées de leur base d'opérations pour tenter cette aventure, et si, comme il faut l'espérer, la Russie se montrera modérée dans ses prétentions, les deux puissances trouveront entre elles un arrangement pacifique qui laissera à chacune d'elles, en Asie, un champ d'activité suffisamment étendu pour satisfaire leur ambition.

Nous pouvons nous demander si cet arrangement pacifique est probable. Pour répondre à cette question, il nous suffit d'examiner si les deux puissances y ont intérêt.

4.

CHAPITRE VI

RIVALITÉ DE LA RUSSIE ET DE L'ANGLETERRE.

La Russie a fait, dans ce siècle, d'immenses progrès en Asie. Elle y possède la Sibérie tout entière et le district de l'Amour. Le Turkestan tout entier lui est soumis et sa domination fortement assurée par le chemin de fer qui va de la mer Caspienne à Samarkande et qui, de là, rejoindra les lignes construites ou projetées en Sibérie.

Au Sud du Turkestan, elle a entamé l'Afganistan et ses avant-postes ne sont plus qu'à quelques étapes d'Hérat. Enfin, elle enveloppe la Perse à l'Est et à l'Ouest de la mer Caspienne.

La Russie possède le Nord du continent asiatique et l'Angleterre en occupe les extrémités méridionales, la péninsule de l'Inde et une grande partie de la péninsule de l'Indo-Chine.

Au Nord de cette contrée, ses troupes gravissent peu à peu les régions montagneuses qui séparent les possessions anglaises de la Chine et, déjà, le Thibet est entamé. En Afghanistan, le plateau de Pamir, — le toit du monde, — est la seule barrière entre Russes et Anglais; tandis qu'en Perse ils se livrent autour du shah à une lutte d'influence où les uns et les autres triomphent tour à tour selon l'habileté déployée par leurs diplomates, la fantaisie du shah ou la vénalité de ses fonctionnaires.

L'Angleterre paraît redouter l'invasion de l'Inde par les Russes, et cette éventualité a fait très souvent l'objet des dissertations de ses orateurs et de ses écrivains. Cette crainte est entretenue par l'influence sans cesse croissante de la religion musulmane dans les Indes, où elle compte actuellement 50 millions d'adhérents, le quart ou le cinquième de la population totale. Or, les musulmans du Turkestan, très bien traités par des Russes, ont facilement accepté la domination du czar blanc après leur défaite militaire, et il est vraisemblable qu'il en serait de même des Afghans. Les Anglais craignent donc que, par esprit d'opposition contre

la domination anglaise dans les Indes, les musulmans, qui forment la partie la plus virile de
ses sujets Indiens, ne soient disposés à se tourner vers le czar comme vers un libérateur.

Je n'ai pas la prétention de pénétrer les secrets de la diplomatie russe; mais ce qui me
paraît évident, c'est qu'elle n'a pas elle-même
envisagé des éventualités aussi lointaines. Et
puis, on peut bien penser que les plus hardis
parmi les hommes d'État russes n'iraient pas
s'exposer à un conflit aussi redoutable, sans
une nécessité absolue ou sans un intérêt bien
évident.

La Russie est une puissance énorme et son
établissement en Asie est des plus solides. Mais,
par contre, l'Angleterre n'est pas à dédaigner.
Elle possède aux Indes une armée de 150.000
hommes qu'elle peut doubler avec les contin-
gents des rajahs feudataires, dans la supposition
où ceux-là resteront fidèles ; et il est probable
qu'ils le resteront, pour la plupart, tant que
leurs maîtres n'auront pas subi un échec éclatant.

D'ailleurs, l'Angleterre est maîtresse par mer
du chemin des Indes et aurait ainsi toutes les

facilités de ravitaillement pour ses troupes. Elle possède, en outre, en capitaux et en hommes, des ressources qui ne s'épuiseraient pas rapidement.

Sa véritable faiblesse consiste dans l'éloignement ; de telle sorte qu'elle mettrait beaucoup plus de temps que la Russie à combler dans ses troupes les vides produits par les combats aussi bien que par les maladies qu'une campagne longue et pénible ne manquerait pas de développer sous le climat torride de l'Inde. C'est pour cette raison qu'on peut être certain que les Anglais ne seront pas les agresseurs.

On se demande aussi pourquoi les Russes prendraient l'initiative d'une lutte qui, eu égard à la puissance des deux adversaires et aux difficultés d'une campagne faite à une grande distance du centre de chacun des deux pays, ne manquerait pas d'être fort longue. N'ont-ils pas ailleurs des difficultés suffisantes en Asie ; et n'est-il pas évident qu'une guerre, même victorieuse, contre l'Angleterre épuiserait leurs ressources sans assurer leur domination dans l'Inde ? Possesseurs, alors, de trois quarts de l'Asie, leur territoire aurait une étendue exa-

gérée et, probablement, les bénéfices de l'opé-
ration ne seraient pas en proportion de la dé-
pense en hommes et en argent. Et puis, les
Indes ne profiteront qu'à la nation qui possède
le canal de Suez. Il est vrai que l'Angleterre
vaincue perdrait l'Égypte et Suez à la fois ;
mais n'est-il pas à supposer que la Russie victorieuse, mais épuisée par une aussi longue lutte,
serait arrêtée à Suez par une coalition des
nations européennes, toutes intéressées à la
liberté du passage de Suez ? Je considère donc
que si l'on parle depuis un demi-siècle du conflit prochain entre la Russie et l'Angleterre
pour la possession des Indes, ce n'est pas une
raison pour que cette prophétie ait des chances de
se réaliser. J'y vois plutôt un thème habilement
exploité par les chauvins anglais et, principalement, par le parti tory, pour enlever au parlement le vote de subsides pour l'armée et la
marine et, surtout, pour consolider les minis-
tères de ce parti qui ne domine qu'en surexci-
tant constamment le chauvinisme anglais, tandis que le parti libéral suit la doctrine de l'école
de Manchester qui poursuit uniquement le développement économique de l'Angleterre et prêche

l'abstention dans les conflits entre les nations
étrangères.

Une autre raison empêche la Russie de se
lancer de gaîté de cœur dans une entreprise
aussi hasardeuse et aussi redoutable que la
conquête de l'Inde : c'est la difficulté de ses
relations avec la Chine, que son territoire con-
fronte sur 9.000 kilomètres environ.

Tout le long de cette frontière, la Russie n'a
qu'un petit nombre de postes, et si la mer n'est
pas libre, — ce qui serait le cas de guerre avec
l'Angleterre, — le ravitaillement de ces postes,
en hommes et en munitions, serait presque
impraticable ou, en tous cas, fort long.

Or, l'Angleterre est la nation occidentale qui
a les relations les plus étendues avec la Chine et
qui y exerce la plus grande influence. Cette raison et, de plus, son intérêt direct pousseraient
donc cette puissance à profiter des embarras de
la Russie pour s'allier à l'Angleterre et pour
reprendre les territoires que celle-là lui a successivement enlevés, et le long travail de patience
que les diplomates russes suivent depuis un
siècle en Asie serait perdu.

La Chine, dont la population immense éva-

luée de quatre à cinq cent millions d'habitants,
suffit pour n'en pas faire une quantité négligeable — suivant l'expression dont s'est servi à la
tribune française M. Challemel-Lacour qui, en
cette occasion, a fait preuve de la plus coupable légèreté — la Chine, dis-je, jadis nation pacifique par excellence, est devenue à son tour
une nation militaire à la suite des guerres que
nous lui avons faites ; et le parti de la guerre
qui, jadis, n'y avait pas la moindre influence,
est devenu — par notre faute — très puissant
dans ce pays.

La Russie, il y a quelques années déjà, s'est
trouvée en conflit avec la Chine au sujet du
district de Kouldja, qu'elle avait occupé. Une
armée chinoise envahit cette région, qui forme
la haute vallée de l'Ili, en expulsa les postes
russes et en massacra les colons. La Russie, qui
ne se trouvait pas prête à faire une expédition
à une telle distance de ses centres de ravitaillement, céda et préféra traiter : Kouldja resta
aux Chinois.

A l'heure qu'il est, il y a des difficultés entre
les deux nations dans le district du fleuve
Amour, et la Russie qui n'a encore, de ce côté,

5

que fort peu de troupes, a d'autant moins le
désir d'y ouvrir les hostilités que les Chinois
ont une armée importante et bien disciplinée
dans la Mandchourie.

C'est précisément à cause de l'insécurité de
cette situation que la Russie se propose de
construire un chemin de fer trans-sibérien lui
permettant de lancer, en peu de jours, quelques
régiments sur les points menacés, et qu'elle
songe à acquérir dans la mer du Japon, dans
la Corée peut-être, un port plus méridional que
Vladiwostok et libre de glaces pendant toute
l'année.

La Chine surveille de très près ces manœuvres, et ce sont elles, évidemment, autant que
celles des Japonais, incités peut-être par la
Russie, qui l'ont poussée à soumettre la Corée
qui, jusqu'en ces derniers temps, était gouver-
née par des princes quasi-indépendants. L'Angleterre, de son côté, est attentive aux événements qui se passent dans cette région et songe
à y acquérir une position stratégique lui permettant de surveiller de près les aspirations des
Russes.

Tous ces motifs réunis me paraissent plus

que suffisants pour détourner les Russes de la pensée de s'attaquer à l'empire des Indes. Il y a encore, à cela, d'autres raisons aussi importantes.

A quel mobile obéissent donc les Russes dans leurs conquêtes asiatiques et quel objectif principal ont-ils en vue ?

Telle est la question qu'il faut se poser pour émettre des conjectures raisonnables sur les futurs événements dont l'Asie sera le théâtre.

Lorsqu'on examine la situation de l'empire russe on reconnaît qu'il n'a aucune issue directe sur une grande mer, sauf l'Océan glacial qui n'est pas navigable ou qui, du moins, l'est fort peu, et qui ne conduit nulle part.

La Baltique, qui le borne à l'Ouest, n'est pas une véritable mer, mais une espèce de lac peu profond, gelé pendant plus de la moitié de l'année, et le Sund, passage étroit par lequel elle communique avec la mer du Nord, est sous le canon de deux autres puissances.

La mer Noire dont le périmètre est occupé en majeure partie par la Russie, et qui n'est qu'une sorte de Méditerranée de petite dimension, communique avec la grande Méditer-

ranée par des passages qui sont entre les mains
des Turcs, tandis qu'ils sont interdits à la flotte
russe.

De sorte que ce pays, qui occupe la septième
partie de la surface des terres du monde entier, ne possède pour ainsi dire pas d'issue sur
la mer. Cette situation est évidemment anor-
male, et l'on comprend les efforts incessants
des Russes pour arriver à en sortir. On peut
même dire que la Russie sera paralysée dans
son développement économique et dans sa civilisation tant qu'elle ne pourra pas communiquer
librement avec la grande mer. C'est sous l'empire de cette préoccupation que la politique
russe n'a cessé d'être dirigée avec une suite
et une persévérance des plus remarquables.
C'est ainsi que les armées russes se sont
constamment avancées vers les rivages méridionaux de la mer Noire et de la Caspienne.

Lorsqu'on étudie cette politique sans parti
pris, on est obligé de reconnaître qu'elle a pour
but, non pas la conquête de tel ou tel territoire
ou l'accroissement du domaine de l'empire,
mais bien l'accès de la Méditerranée et du golfe
Persique.

Or, lorsqu'une puissance aussi considérable que la Russie poursuit un pareil but, qui lui est imposé en quelque sorte par sa situation géographique et ses intérêts économiques, on peut être sûr qu'elle l'atteindra tôt ou tard.

Il me paraît, en tous cas, que cette manière d'expliquer la politique russe est plus conforme aux faits que les prétendues doctrines du parti panslaviste, imaginées par la politique allemande pour en faire l'épouvantail de l'Europe, ou que le projet de conquête de l'Inde inventé par les torys pour extorquer des subsides au parlement anglais en vue de desseins plus ou moins avouables poursuivis par la politique anglaise, et sur lesquels elle donne ainsi le change aux gouvernements européens, assez naïfs pour prêter l'oreille à leurs déclamations.

La Russie poursuit donc l'occupation des Dardanelles, pour avoir accès dans la Méditerranée, et non pas la conquête de la Turquie d'Europe qui serait un bien grand embarras pour elle et dont la possession lui causerait plus d'ennuis qu'elle ne lui rapporterait de bénéfices.

Nous avons même tout lieu de croire que le

jour où la Russie sera maîtresse des détroits,
elle deviendra le défenseur le plus décidé du
sultan. En effet, si Constantinople était entre
les mains d'une puissance européenne quelconque, le passage des détroits serait constamment menacé et les flottes russes n'y seraient
pas en sécurité.

Le sultan sera, au contraire, un allié d'autant
plus précieux pour la Russie que cette puissance, qui possède de nombreux sujets musulmans en Asie dont le sultan est le chef spirituel, aura plus d'intérêt à le ménager.

L'Angleterre qui, depuis un siècle, s'est en
quelque sorte instituée le défenseur des droits
du sultan, n'a jamais été pour lui qu'un allié
perfide, à la poursuite du seul intérêt anglais.
Elle l'a bien prouvé, en 1878, où, sous prétexte
d'empêcher la Russie de s'emparer d'une portion
quelconque du territoire turc, elle s'est emparée de l'île de Chypre, d'où elle menace les
côtes de Syrie et la vallée supérieure de l'Euphrate.

Elle a fait et nous a fait sottement faire la
guerre de Crimée à l'encontre de nos intérêts les
plus évidents pour arrêter la marche des Russes

vers le Bosphore et pour écarter de la Méditerranée un concurrent pour son commerce en Orient. Or, comme l'Angleterre est dans tout l'Orient notre concurrent le plus redoutable, notre intérêt était évidemment d'introduire un tiers dans cette concurrence afin de réduire une prépondérance nuisible à nos intérêts. Si l'Angleterre s'est opposée — aussi longtemps qu'elle l'a pu — au percement de l'isthme de Suez, ce n'est pas — comme on a paru le croire — parce que ses ingénieurs ne croyaient pas à la possibilité de faire ce travail qui, si grandiose qu'il soit, n'a présenté d'autre difficulté que de réunir les capitaux nécessaires à l'entreprise, ni parce que ses négociants et ses armateurs s'étaient mépris sur l'importance économique de l'œuvre pour la Grande-Bretagne ; mais parce que toute abréviation de la route des Indes était un pas vers l'égalisation des forces maritimes de la France avec celles de l'Angleterre ; parce qu'elle prévoyait l'importance que l'influence française en Égypte retirerait du percement de l'isthme, et enfin, parce qu'elle pouvait craindre que la France n'arrivât par ce moyen à s'emparer de l'Égypte ainsi qu'elle l'avait tenté à l'époque des

croisades, ainsi que Leibnitz l'avait conseillé
plus tard à Louis XIV, et ainsi que Napoléon
l'avait fait sous le Directoire.

Aussi a-t-elle saisi la première occasion qui
s'est présentée — grâce à l'indécision de la politique française — pour s'en emparer elle-
même.

En prévision de cette occupation, elle s'est
depuis longtemps installée à Adèn et à Périm, à
l'issue de la mer Rouge, afin de compléter
l'investissement de la route.

Mais la Russie cherche en même temps une
issue vers les mers orientales, et le chemin le
plus court pour y accéder aboutit au golfe Persique. C'est pourquoi elle n'a cessé de s'étendre
vers les rivages méridionaux de la mer Caspienne, qu'elle a aujourd'hui dépassés, et voilà
pourquoi elle ne cesse d'agir sur le shah de
Perse pour obtenir le monopole des télégraphes
et ultérieurement des chemins de fer dans l'étendue de son empire. L'Angleterre se rend tellement compte de cette situation qu'elle ne cesse
d'opposer intrigues à intrigues pour contrebalancer l'influence russe. Elle a obtenu récemment, comme fiche de consolation, le monopole

des tabacs en Perse, et les journaux anglais ont fait grand bruit autour de cet événement que le gouvernement de lord Salisbury exploite comme un grand succès de sa diplomatie.

La Russie évitera, si elle le peut, de conquérir la Perse ; préférant lui laisser un gouvernement indigène qui la dégage de tout souci administratif. Mais à partir du jour où elle aura construit les chemins de fer persans, elle se mettra en mesure d'y occuper des positions stratégiques inexpugnables et, alors, la mer des Indes lui sera ouverte.

La ligne la plus courte du territoire russe à la mer aboutit évidemment à l'embouchure de l'Euphrate, dans le golfe Persique. Cette ligne se rattacherait aux chemins de fer du Caucase par la vallée de l'Araxe, traverserait la chaîne du Kara-Dagh en remontant la vallée d'Igdir ; puis, remontant cette vallée par Sawalan, traverserait une chaîne parallèle au Kara-Dagh pour se jeter dans la vallée du Kisyl-Usen. La ligne traverserait ensuite la chaîne du Kurdistan au col de Silmah et, de là, descendrait la vallée du Djala jusqu'à son confluent avec le Tigre, un peu en aval de Bagdad. Il ne reste-

5.

rait plus qu'à suivre la grande vallée du Tigre
et de l'Euphrate jusqu'à la mer. Ce tracé aurait un développement de 2.800 à 3.000 kilomètres, au moins.

Il pourrait être abrégé à partir de Silmah
jusqu'au golfe Persique en passant par Kir-
manshahan, d'où on descendrait par la vallée de
Kercha qui prend le nom de *Seimerre* dans le
Luristan. Une nouvelle abréviation de distance
consisterait à abandonner cette vallée au grand
coude qu'elle fait à *Nehr-Paschem* et à piquer
tout droit au Sud jusqu'à Basra sur le Chat-el-
Arab (tronc unique du Tigre uni à l'Euphrate),
à travers un terrain plat mais à l'abri des inon-
dations du fleuve. Ce tracé, qui présenterait
quelques difficultés entre Silmah et Kirmans-
hahan, aurait l'avantage d'être beaucoup plus
court: sa longueur serait de 2.250 à 2.400 kilomètres environ. L'abréviation serait de 600
kilomètres et permettrait de passer sur quelques difficultés de construction eu égard à l'a-
vantage qui en résulterait pour la durée du
parcours total.

On comprend l'importance commerciale et
statégique qu'acquerrait l'embouchure du Chat-

el-Arab entre les mains des Russes, en se trouvant placée à moins de trois jours de parcours du chemin de fer Caucasien de la vallée du Koura (vallée de Tiflis); mais il faut remarquer qu'il y a encore un millier de kilomètres à parcourir par eau pour accéder à la mer des Indes. La Russie a besoin en outre d'une route directe entre le territoire Turckmène et la mer des Indes, et c'est ici qu'apparaît l'intérêt considérable qu'elle a à ne pas laisser tomber l'Afghanistan entre les mains des Anglais.

Les Russes ont atteint la vallée de l'Heri-roud, qui conduit à Hérat, où ils peuvent arriver sans entamer la Perse. Les Anglais sont à Kandahar, par où le chemin de fer conduit dans la vallée de l'Indus. Or, d'Hérat à Kandahar il n'y a que 450 kilomètres à vol d'oiseau : ce qui sera peu de chose lorsque les deux villes seront reliées par une voie de fer. La Russie laissera volontiers Kandahar entre les mains des Anglais pourvu qu'elle possède Hérat et, pour cela, il faut qu'elle ait pour frontière la crête de l'Indou-Kouck, dont la traversée par un chemin de fer ne serait guère réalisable.

Le commerce entre la région transcaspienne

et la vallée de l'Indus sera donc assuré à partir du jour où les Russes occuperont Hérat et la ligne de l'Indou-Kouch, et alors le partage de l'Afghanistan entre l'Angleterre et la Russie sera un fait accompli.

Quant à la première ligne de chemin de fer qui sera tracée à l'ouest de la Caspienne, elle ne traversera que les régions occidentales de la Perse en laissant de côté l'immense masse de cet empire que rien n'oblige ainsi les Russes à conquérir pour se frayer leur voie vers le golfe Persique. Voilà pourquoi nous disions plus haut que la Russie évitera, si elle le peut, de conquérir la Perse, c'est-à-dire que la conquête pourra être la conséquence fatale des résistances qu'elle pourrait rencontrer dans sa marche vers le golfe Persique ; mais elle n'a aucun intérêt à faire cette conquête et, par conséquent, elle évitera de la faire de son propre gré.

Il faut remarquer, d'ailleurs, que le centre de la Perse est composé de déserts sablonneux et salés ou de plateaux calcaires improductifs. De plus, les communications entre cette région et la mer sont des plus difficiles en raison d'une série de grandes chaînes de montagnes parallèles, qui l'en séparent, et qu'aucune vallée transversale ne vient couper. Aucune voie ferrée traversant la Perse centrale du Nord au Sud n'a donc de raison d'être; à cause des difficultés d'exécution, d'une part, et de l'autre, parce qu'elle n'aurait aucun trafic dans ce parcours de plus de 2.000 kilomètres.

L'étude à laquelle nous venons de nous livrer des causes de l'extension de la Russie, ainsi que la marche que nous avons tracée de ses conquêtes futures en prenant ses intérêts économiques pour guide, pourra être contestée en des points de détail. Mais personne ne pourra se refuser à reconnaître qu'elle est basée sur l'étude attentive des faits et coordonnée en une suite logique qui présente un grand degré de probabilité.

Le façon la plus déplorable d'enseigner l'histoire consiste à la présenter comme une série d'événements sans lien apparent les uns avec les autres et provoqués, soit par les passions populaires, soit par l'ambition des chefs d'État.

Les passions des peuples et des hommes qui

les gouvernent n'expliquent rien, si on n'essaie
pas de remonter à la cause de ces sentiments
qui ne sont pas inconscients, mais qui sont
guidés par l'intérêt.

Une fausse politique peut, pendant un temps,
détourner une nation de ses véritables intérêts,
mais alors une catastrophe l'avertit qu'elle se
fourvoie.

Cette façon inexacte et anti-scientifique
d'expliquer l'histoire est cependant celle qui
était universellement enseignée, il y a peu
d'années encore. Bossuet, pour qui tous les événements humains ne constituaient qu'une série
d'actes accomplis avec la permission de Dieu,
et pour qui la Divinité manifeste sa présence
par une intervention permanente et miracu-
leuse dans toutes les actions humaines, ne pouvait évidemment songer à établir une philoso-
phie de l'histoire. Il faut aller jusqu'à Montes-
quieu pour trouver dans son histoire « De la
grandeur et de la décadence des Romains »
une méthode scientifique où l'auteur cherche
les causes des événements et tend à les rapporter à un plan uniforme.

Les ouvrages historiques de Voltaire, intéressants par l'agrément du récit et par le tableau du progrès de l'esprit humain, manquent de méthode, et on n'y trouve pas la genèse des grands événements auxquels il nous fait assister.

Au xixᵉ siècle, Augustin Thierry, au milieu de certaines erreurs, établit cependant la véritable méthode historique en cherchant à démêler les intérêts qui provoquent les événements humains. Mais le progrès n'a pas été continue et les ouvrages de Thiers, malgré le grand intérêt qu'en offre la lecture, sont très imparfaits au point de vue critique.

Ce n'est que de nos jours que la critique historique a trouvé la véritable méthode scientifique ; et les travaux des auteurs modernes ont établi ce principe que la politique des nations a pour principal mobile l'intérêt économique, et que toutes celles où elle a été dirigée à l'encontre de cet intérêt ont péri ; tandis que celles qui y ont conformé leur conduite ont prospéré.

Pour nous, sauf de rares exceptions, les guerres et les conquêtes qui en sont la suite s'expliquent à la fois par la situation géographique des nations qui y ont pris part, et par leurs intérêts économiques : pour les nations comme pour les individus, il n'y a pas de besoin au-dessus de celui de vivre, et tant qu'une nation ne trouve pas, dans son territoire, de quoi subsister ou qu'elle trouve dans les nations voisines un obstacle à l'échange de ses produits, elle ne peut rester en paix et les conflits durent jusqu'à ce qu'elle ait trouvé l'équilibre entre ses moyens de production d'une part et sa faculté de consommation, augmentée de ses moyens d'échange, de l'autre. C'est pourquoi les peuples ont lutté, dans le cours des siècles, pour la possession des voies de communications naturelles, qui sont les vallées ou les mers. Dans les temps modernes, les voies terrestres ont été remplacées par les chemins de fer qui s'établissent, surtout, dans les vallées reliées entre elles par des voies transversales dont l'importance économique est toujours moindre que celle des voies naturelles.

C'est à l'aide de ces principes que nous avons essayé d'expliquer la politique de la Russie.

On objectera peut-être que ces principes ne donnent pas l'explication de la guerre russo-turque de 1877-1878, et qu'en déclarant cette

guerre, la Russie s'est décidée par des raisons
de sentiment, c'est-à-dire par le désir de délivrer ses frères slaves du joug ottoman. Il est
certain que les atrocités turques commises en
Bosnie et en Bulgarie, à la suite d'insurrections
qui avaient eu lieu dans ces provinces et que
M. Gladstone dénonça avec tant d'éloquence,
émurent les comités slaves de Moscou et que
ceux-ci, aidés de la presse russe, soulevèrent
l'opinion publique qui poussa le gouvernement
du faible Alexandre II dans une guerre qui,
dans la situation où se trouvait l'Europe, n'é-
tait pas sans imprudence.

Il y a lieu de penser que les insurrections
bosniaques et bulgares furent suscitées par
M. de Bismarck, en même temps que la presse
russe, stipendiée en partie à l'aide du trésor
Guelfe, faisait son jeu. Ce jeu consistait à lancer la Russie contre les Turcs, dans l'espoir
qu'il en sortirait une guerre entre la Russie
d'une part, l'Autriche et l'Angleterre de l'autre ;
au besoin, la diplomatie allemande s'emploie-
rait à exciter l'antagonisme entre ces nations pour la rendre inévitable. Alors, le chancelier d'Allemagne, qui ne pouvait se consoler

du rapide relèvement de la puissance française, se fût rué sur la France avant qu'elle eût achevé son organisation militaire,

Cette intervention secrète, mais effective, de la diplomatie allemande dans les événements dont l'Orient a été le théâtre s'était déjà fait sentir à la conférence de Constantinople qui suivit les massacres de Bulgarie : les délégués russe et anglais étaient arrivés à se mettre d'accord et la guerre allait être évitée, lorsque l'envoyé allemand, qui s'était tenu d'abord sur la réserve, se lança subitement dans la discussion, brouilla tout et rendit la guerre inévitable.

Il est facile de répondre, maintenant, à la question que nous nous étions posée, à savoir: si le conflit entre Anglais et Russes est inévitable en Asie ; et nous croyons avoir démontré qu'il y aurait témérité de la part de l'Angleterre à le provoquer, tandis que la Russie peut suivre les tendances de sa politique historique sans entrer en conflit avec l'Angleterre; bien plus, son intérêt est également contraire à ce conflit. Les deux nations pourront donc trouver un *modus vivendi* permettant à chacune de développer son commerce dans sa sphère d'influence, et la civilisation gagnera considérablement à cet accord.

Enfin, il deviendra d'autant plus facile que les autres nations européennes seront en paix, et cette paix dépend, nous l'avons démontré, de la restitution de l'Alsace-Lorraine à la France.

CHAPITRE VII

La question qui se pose, maintenant, est de savoir si cette paix ainsi rétablie entre la France et l'Allemagne sera durable ; en d'autres termes, s'il n'y a pas d'intérêts économiques en conflit, entre les deux nations, capables de faire naître de nouvelles causes de guerres.

Nous avons affirmé que la France pourra borner son ambition à reprendre ses frontières d'avant 1870 et, notamment, renoncer à l'occupation de toute la rive gauche du Rhin qui a formé sa frontière à deux périodes de son histoire et dont la possession paraît être le rêve de patriotes plus zélés que clairvoyants.

Le Rhin servait de limite au pays gaulois lorsque les Romains en firent la conquête. La largeur et la rapidité du fleuve formaient à cette époque un obstacle sérieux aux migrations des peuples. Cependant, cet obstacle n'était pas insurmontable, témoin les colonies gauloises dont on a trouvé la trace au pied de la forêt Noire, dans le duché de Bade et en Autriche, et surtout les invasions de Germains, de Huns et de Slaves, lorsque l'empire romain tomba en décadence et qu'aucune force militaire organisée ne surveillait plus la rive gauche du fleuve.

D'autres raisons avaient d'ailleurs garanti cette rive contre les invasions avant que la grande poussée des peuples venus d'Orient n'eût jeté vers l'Ouest d'innombrables masses d'hommes en quête d'un établissement permanent et définitif. En effet, le cours inférieur du Rhin formait une immense étendue de terres marécageuses et parcourues par des centaines de « coulées » du fleuve, dont les méandres incertains se promenaient d'une rive à l'autre ; ces terres partiellement immergées formaient un obstacle presque infranchissable à l'abri duquel la tribu des Bataves maintint plus ou moins complètement son indépendance, même contre les Romains qui, sous la conduite de Drusus et de ses successeurs, tentèrent de les asservir :

elle fut plus tard le noyau de la nation hollandaise.

La partie moyenne du cours du Rhin est un couloir tortueux, aux parois abruptes, et la rive gauche est formée de terrains montueux, boisés ou arides, qui se prolongent jusque dans les Ardennes. Ce pays ne devait guère tenter les envahisseurs. Aussi les invasions commencèrent-elles par la partie supérieure de la vallée, c'est-à-dire par l'Alsace, où César rencontra les hordes d'Arioviste, qu'il rejeta sur la rive droite.

Le Rhin, en un mot, n'était pas un chemin naturel de communication entre les peuples; d'autant plus que la direction de son cours, du Sud au Nord et au Nord-Ouest, est transversale aux grandes routes des migrations dont la principale était la vallée du Danube, d'où l'on tombait dans la vallée du Rhin par le col de Fribourg. De plus, le Rhin ne reçoit guère d'affluents importants sur la rive gauche; et ceux qui lui arrivent de la rive droite étaient également des chemins d'invasion aboutissant presque normalement au grand fleuve. Telles sont les raisons qui expliquent l'absence de communication de peuple à peuple par le Rhin dans l'antiquité et pour lesquelles les invasions se succédèrent, transversalement au Rhin, lors du grand mouvement de migration qui poussait les populations germaniques vers l'Ouest. Ajoutons que la fertilité du sol gaulois, son climat et aussi les richesses qu'une civilisation avancée y avaient accumulées étaient autant de raisons qui devaient favoriser le renouvellement de ces tentatives, après de premiers succès.

Plus tard, pour mettre fin à ces incursions, Charlemagne dut poursuivre, jusque dans leurs repaires de la forêt de Thuringe, et même au delà, jusqu'au Weser, les plus turbulentes dans ces tribus.

A partir de ce moment, l'Allemagne était entraînée dans le mouvement de la civilisation.

Après la dislocation de l'empire de Charlemagne, trop étendu pour subsister avec les moyens imparfaits de communication de l'époque et trop hétérogène pour qu'on pût espérer y réaliser la fusion des races dont les intérêts étaient au surplus très divergents, la politique des rois Capétiens fut de reconstituer l'ancienne unité des Gaules et, sans la guerre de Cent ans, ils auraient probablement réussi à faire du Rhin la frontière française de l'Est.

De nos jours, cette frontière n'ajouterait guère à la sécurité de la France. De plus, le fleuve qui, dans son cours moyen, a une si grande importance pour la batellerie, ne sert de voie commerciale qu'aux habitants de la rive droite, pour les raisons que nous avons développées ci-dessus. Dans ces conditions, la possession du Rhin n'aurait pour nous qu'une valeur économique fort secondaire, tandis qu'elle est de premier ordre pour les populations de la rive droite. On conçoit, dès lors, l'importance énorme qu'a pour des populations la sécurité de la navigation sur ce fleuve, sécurité qui n'est complète que si les deux rives appartiennent à la même nation.

Entre Bâle et le Palatinat, le courant du fleuve est trop fort pour que la batellerie puisse l'utiliser à la remonte; dès lors il ne peut être une voie commerciale tout le long de la rive Alsacienne, et dès lors les raisons que nous invoquions tout à l'heure pour que les deux rives du cours moyen restent à l'Allemagne ne subsistent plus dans la région supérieure.

Cet argument a une grande importance, à

6

notre avis, pour justifier la restitution de l'Alsace
à la France.

Les relations entre l'Allemagne et la France,
qui se déchiffrent actuellement par un commerce
de 700 millons, se font surtout par la voie directe
de Paris à Berlin par Cologne. La ligne de la
Moselle qui aboutit à Coblentz n'aura qu'une importance secondaire tant que la Lorraine appartiendra à la Prusse. Enfin, la grande ligne de
l'Allemagne du Sud par Strasbourg doublera au
moins d'importance quand Strasbourg aura fait
retour à la France. Le blocus qui entoure l'Alsace rend, actuellement, toutes les relations difficiles à travers cette province et en diminue
considérablement le commerce. Les raisons économiques concordent donc avec les raisons politiques pour mettre fin à l'antagonisme entre les
deux nations, française et allemande, par le
rétablissement de la situation *antè bellum*.

L'équilibre économique sera donc rétabli sur
le Rhin par la seule restitution de l'Alsace-
Lorraine à la France ; et c'est pourquoi nous
répondons affirmativement à la question posée ;
en d'autres termes, la paix qui s'établira ainsi
entre l'Allemagne et la France sera durable,

car il n'existera plus de cause de conflit entre ces deux nations.

Il nous faut maintenant retourner sur nos pas et étudier les moyens à l'aide desquels on pourra susciter cet événement. Nous avons dit que ce serait se faire une dangereuse illusion que de supposer que l'Allemagne rendra jamais de son plein gré les provinces annexées ; et les raisons que nous avons données de cette opinion paraîtront sans doute convaincantes.

Nous laisserons de côté le cas d'une guerre où la France serait victorieuse : il s'explique de lui-même.

Mais parmi les circonstances susceptibles d'obliger l'Allemagne à rendre les provinces, je n'en vois qu'une seule : l'alliance de la France avec la Russie.

En dehors de cette alliance, il n'y a que celle de l'Angleterre qui peut bien épuiser nos forces en faveur des intérêts anglais, mais qui ne peut rien nous rapporter, l'Angleterre n'étant susceptible de porter aucune force militaire importante sur le continent.

CHAPITRE VIII (1)

L'ALLIANCE FRANCO-RUSSE.

On se rappelle l'article intéressant publié par M. Tatitstcheff dans le *Messager Russe*, le 21 janvier dernier. Ce qui m'y plaît, c'est la netteté de la thèse, la simplicité des solutions et la loyauté de l'argumentation.

Je sais un gré infini à l'auteur de nous avoir fait grâce de ces sortes de *tartines* sentimentales qui font l'ornement des déclamations banales que nous avons vues dans ces derniers temps, dans divers journaux, sur les affinités morales et intellectuelles entre les races slaves et la nôtre.

Le sentiment joue un grand rôle dans les choses humaines sans aucun doute ; mais le sentiment seul n'explique rien. Il faut l'expliquer

(1) Quelques-unes de ces pages ont été publiées en brochure au mois de février 1890. (Savine, éditeur.)

par une cause ; et cette cause est toujours un intérêt lorsqu'il s'agit de sympathies internationales.

L'intérêt d'une nation peut être bien ou mal entendu ; mais les conflits qu'elle rencontre dans le cours de son histoire, de même que les alliances qu'elle contracte, ont généralement l'intérêt pour cause et pour mobile. Pour peu qu'on réfléchisse et qu'on interroge l'histoire, sans parti pris, on trouve la preuve de cette vérité dans toutes les nations, à toute époque et sous les régimes les plus divers : car un régime politique qui produirait ce résultat de diriger une nation contrairement à ses intérêts aurait peu de chance de durée. On peut déduire de là, sans risquer d'encourir le reproche de fatalisme, que chaque nation a le régime qui lui convient le mieux. On ne trouve d'exception à cette règle que dans le début d'un régime, alors qu'il est encore mal assis, qu'il a à soutenir les assauts répétés du régime qu'il a remplacé et qu'il n'a pas encore justifié sa légitimité par les services rendus.

Il en est de même d'un régime qui dure depuis fort longtemps et qui, en raison du déve-

loppement de la civilisation et du changement
considérable des mœurs depuis l'époque de son
origine, passe aux yeux des novateurs pour
n'être plus en harmonie avec les besoins actuels : ce régime peut encore durer longtemps
en raison des racines profondes qu'il a dans le
pays, ou du respect qu'inspire la durée de son
existence, ou de la crainte de l'inconnu qui
s'impose aux hommes prudents.

Mais laissons là cette digression.

Bien des écrivains se sont donc livrés à des
développements oratoires sur l'affinité qui rapproche les nations slaves de la nation française;
insistant sur l'incompatibilité, en quelque sorte
cérébrale, entre le Slave et le Germain, par opposition entre le Slave et le Français. Qu'il y
ait quelque parcelle de vérité dans ces considérations, j'y consens au besoin, mais ce n'est pas
avec de pareilles futilités que de grandes nations
font de la politique.

C'est ainsi que je goûte fort peu les déclamations sur la fraternité des races latines, et sur
les liens sympathiques qui nous unissent à l'I-
talie, la nation-sœur. Non qu'il me répugne que
la France ait de bonnes relations avec l'Italie,

pas plus qu'avec toute autre nation; mais je demande auparavant qu'on me prouve que ces bonnes relations sont actuellement possibles avec l'Italie et ensuite en quoi elles peuvent être avantageuses à mon pays; laissant aux Italiens le soin de démêler leur intérêt national dont moi, Français, je n'ai pas la garde.

En interrogeant l'histoire, je ne trouve pas, d'ailleurs, dans le passé de la France et de l'Italie de bien grands motifs de rapprochement, et les nations n'ont pas eu, en somme, à se louer beaucoup l'une de l'autre.

Il est vrai qu'en 1859 la France a versé son sang et dépensé son or pour l'indépendance de l'Italie. Mais c'était à elle à prendre ses précautions pour que ce sacrifice ne fût pas pour elle sans compensation. Il ne l'a pas été d'ailleurs, puisque la France a annexé Nice et la Savoie. Et si je peste contre les Italiens de les voir jetés par leur gouvernement dans la triple alliance, ce n'est pas, on le pense bien, par excès de zèle pour les intérêts italiens, mais parce que la triple alliance est dirigée contre les intérêts de la France.

Que l'Italie sorte de la triple alliance et nous

pourrons, sinon nous jeter dans ses bras, ce qui serait excessif, mais nous disposer à contracter avec elle un accord où les intérêts réciproques des deux nations seront balancés avec autant d'exactitude et d'équité que possible. D'ici là, quoi que l'on dise ou que l'on écrive, malgré les manifestations oratoires dont certaines personnes sont prodigues, je maintiens que l'Italie est notre ennemie. Elle l'est, d'ailleurs, pour beaucoup de raisons qu'il est superflu de développer ici; elle l'est beaucoup plus profondément que des diplomates à courte vue ne se l'imaginent et pour des raisons économiques qui ne peuvent disparaître d'un jour à l'autre. Elle ne cessera de l'être que lorsqu'elle aura acquis la perception nette que son intérêt n'est plus du côté où elle a pensé le trouver pendant un certain temps.

Autant que j'en puis juger par les extraits de l'article de M. Tatitstcheff, c'est bien de cette façon qu'il comprend la politique : c'est-à-dire qu'en sa qualité de patriote russe, c'est l'intérêt de la Russie qu'il cherche à démêler.

Il prêche l'alliance russo-française parce qu'elle est conforme à l'intérêt de la Russie; en même temps qu'il démontre aisément que l'intérêt de la France est concordant avec l'intérêt russe : car il faut l'accord de deux intérêts pour qu'il y ait alliance.

Les considérations historiques ont ici peu de valeur et les raisons qu'on peut tirer d'événements plus ou moins anciens sont sans portée : je m'explique. La Russie a subi trois guerres terribles dans ce siècle, dont deux lui ont été infligées par la France. Or, les causes qui ont engendré ces guerres n'ont eu qu'une existence passagère, n'ayant pas leur origine dans des conflits permanents d'intérêts. Voilà pourquoi, quelque terribles qu'aient été les combats que se sont livrés les armées des deux nations, ils n'ont guère eu que le caractère de duels militaires et n'ont pas laissé subsister de haine entre les deux nations :

« Sublatâ causa tollitur effectus ».

Rien ne s'oppose donc à transformer en alliance l'accord tacite qui existe entre les deux nations, depuis que la Russie, rendue à elle-même et délivrée en grande partie du joug germanique, est sortie de la triple alliance où l'ascendant personnel et la longévité de l'empereur Guillaume Ier l'ont maintenue plus longtemps que son intérèt ne l'exigeait.

Quoique lié d'amitié avec quelques Russes de distinction, je ne prétends pas le moins du monde être complètement renseigné sur les tendances du monde politique russe, encore moins sur celles du czar Alexandre III, dont la volonté est prépondérante en matière politique.

J'ignore donc complètement s'il y a un fondement dans cette opinion de certains hommes politiques français que le czar autocrate aurait quelque répugnance à s'allier avec la République française. J'ajouterai cependant que l'on peut à bon droit douter de l'exactitude de cette opinion.

Quel que soit le gouvernement qui préside aux destinées de la nation française, il ne pourra s'empêcher — s'il veut durer — de suivre, à l'extérieur, la politique la plus conforme aux intérêts de la France ; car ces intérêts sont basés sur des causes permanentes où la forme politique de la constitution a fort peu d'action. Tout homme clairvoyant peut juger actuellement, après les vicissitudes de la politique in-

térieure de la France depuis vingt ans, qu'il
n'y a plus d'autre gouvernement possible chez
nous que la République : je ne crois pas être
téméraire en disant que cette conviction est
partagée par les hommes d'État des nations
étrangères qui, n'étant pas engagés dans nos
luttes intérieures, n'ont aucune raison pour
partager les passions de nos partis ni leur aveu-
glement dans l'espoir d'une restauration monarchique quelconque.

Je ne veux pas dire par là que les gouvernements étrangers n'aient pas leurs préférences
secrètes pour telle ou telle forme de gouvernement que la France pourrait se donner ; je suis
même porté à croire que les monarques verraient avec plaisir une monarchie installée en
France à la place de la République ; mais j'estime que, voyant les événements à distance,
ils sont mieux placés que nous pour les juger
et qu'ils ne partagent guère les illusions que
peuvent encore nourrir les prétendants au
trône de France.

Je me résume donc et je dis que le czar est
nécessairement persuadé de la durée de la République et que la forme républicaine du gou-

vernement français ne peut être à son point de
vue un obstacle à la conclusion d'une alliance
avec la France. De même, pour nous, républi-
cains, le régime autocratique des czars, qui est
au pôle opposé de notre conception politique,
ne fait aucun obstacle à la conclusion d'une
alliance franco-russe.

Nous n'avons pas, j'imagine, la prétention
de conseiller aux Russes de se mettre en République. D'ailleurs, si peu que nous connaissions
la constitution de la société russe, les tendances et les croyances de la nation, tout esprit
impartial doit reconnaître que la Russie, dont
la civilisation est si récente, est encore loin
d'être arrivée à la phase de son développement
organique où l'idée républicaine puisse avoir
fait des progrès dans le peuple; et il paraît incontestable que l'autocratie sera pendant un
temps encore assez long le gouvernement qui
convient le mieux au tempérament et aux besoins politiques de la nation.

Donner à une nation la liberté politique avant
que son éducation intellectuelle soit arrivée à
un certain degré de développement est un non-
sens; et, en lui imposant, prématurément, des

7

institutions pour lesquelles elle n'est pas préparée, on l'expose à tomber dans l'anarchie et
à devenir la proie de ses voisins.

L'autocratie du czar paraît donc, actuellement, la forme de gouvernement la plus conforme aux intérêts de la nation russe ; et du
moment où la masse de la nation tire profit de
cette forme de gouvernement, nous serions fort
mal avisés de nous en offusquer, sous le vain
prétexte que notre vieille civilisation, si raffinée, ne peut supporter un gouvernement aussi
concentré.

Je maintiens donc que la forme du gouvernement de la Russie ne peut être un obstacle
à la conclusion d'un traité d'alliance entre cette
nation et la nôtre.

Un fait que l'on peut facilement constater,
c'est l'universalité des sentiments qui pousse,
en ce moment, la nation française et la nation
russe l'une vers l'autre. Mais, je l'ai dit et je le
répète, ce sentiment ne s'explique pas de lui-
même ; il tire son origine d'une cause, et cette
cause est l'intérêt. Cet intérêt n'est pas nouveau, sans doute ; mais il n'a été compris que
longtemps après le moment où il a pris nais-

sance. J'entends par là que la Russie est restée engagée dans les liens de l'alliance allemande alors que, depuis un certain temps, cette
alliance n'a cessé de lui être préjudiciable.
Dans les phénomènes moraux ou politiques,
ainsi que dans les phénomènes physiques, les
relations de cause à effet s'établissent à l'aide
d'un élément indispensable, le temps. Dans
ceux-ci le temps est le moindre possible, car la
nature agit suivant des lois immuables; dans
les autres, au contraire, l'ignorance des hommes s'oppose à une perception rapide de la
vérité et les transitions sont, en général, fort
lentes à s'établir.

Lorsque le czar Pierre le Grand résolut
d'imprimer une forte impulsion à la nation,
plongée avant lui dans la barbarie asiatique,
son génie lui fit comprendre qu'il ne suffisait
pas d'établir par décrets une constitution pour
l'assimiler aux nations occidentales, mais qu'il
était indispensable d'y introduire un élément
civilisateur qui opèrerait, avec le temps, les
transformations qu'il avait en vue. Cet élément,
il ne pouvait le trouver que dans une nation
déjà civilisée dans le voisinage de ses fron-

tières. C'est ainsi qu'il peupla d'Allemands toutes les administrations civiles et militaires et que, même, il favorisa l'établissement de colonies agricoles ou industrielles attirées d'Allemagne en Russie. C'était, suivant sa propre expression, ouvrir une fenêtre sur l'Occident.

C'est dans cette même pensée qu'il transporta la capitale sur le golfe de Finlande, et Saint-Pétersbourg, ville artificielle, tournée vers l'Europe, remplaça la vieille capitale de toutes les Russies, Moscou la Sainte. Ce n'était pas un caprice d'autocrate, mais une profonde pensée politique de cet homme de génie, qui le fit ainsi rompre, violemment, avec la tradition nationale, en plaçant la cour et le gouvernement dans un milieu nouveau, à l'abri des traditions vieillies et de l'influence d'un conservatisme qui ne voulait pas capituler devant l'invasion des idées modernes.

Les Allemands ont donc été les éducateurs des Russes il y a près de deux siècles, comme les Grecs l'avaient été plusieurs siècles auparavant.

Et, pendant que l'Allemagne donnait à la Russie ses administrateurs, ses légistes, ses

généraux, ses industriels et jusqu'à ses agro-
nomes, la France lui envoyait ses philosophes et
ses littérateurs qui policèrent les classes élevées de la société russe en lui donnant le goût
des délicatesses de notre civilisation raffinée...

Par le partage de la Pologne, la Russie,
grâce à la complicité volontaire de la Prusse
et celle forcée de l'Autriche, prit enfin pied en
Europe : je veux dire qu'elle s'empara de territoires qui étaient entrés, depuis longtemps,
dans le rayon d'action de la civilisation occidentale, et qu'à partir de ce moment elle devint
un des facteurs de l'équilibre européen.

Quel rôle allait-elle jouer dans le concert
des nations? Allait-elle se dégager de la tutelle
allemande et poursuivre, avec des éléments
purement indigènes, l'évolution commencée ;
ou allait-elle se rapprocher de la France, comme
elle l'avait déjà tenté sous Louis XV? Toutes
les conjectures sont permises à cet égard.

Bref, les événements de la Révolution française l'effrayèrent et la rejetèrent dans les
bras de la Prusse. La folie du blocus continental et l'invasion de Napoléon la maintinrent
dans cette alliance.

C'est ainsi que la guerre de Crimée, pendant laquelle la Prusse s'était cependant prudemment — on a même dit traitreusement — tenue à l'écart, éloigna de nouveau la Russie de la France et fut la cause de son inaction pendant la guerre de 1870-71. Comme la France après Sadowa, la Russie après Sedan comprit que l'équilibre européen était encore une fois détruit au profit de la Prusse : mais il était trop tard pour aviser. D'ailleurs, la germanisation de la Russie, pendant un siècle et demi, avait fait son œuvre. Les classes dirigeantes, l'administration, l'armée, la diplomatie étaient entre les mains de Germains ou de germanisants : la société russe était germanophile.

Dès ces événements, la lutte entre les vieux Russes et les Allemands, latente jusque-là, éclata.

Le czar Alexandre II, neveu de l'empereur Guillaume Ier, subissait l'ascendant de son glorieux parent et l'influence allemande resta puissante à la cour tant qu'il vécut.

Le czar Alexandre III, élevé dans des idées russes, n'était pas par sa naissance destiné au trône ; il se pénétra ainsi, à l'abri des influen-

ces de cour, mieux qu'il ne l'aurait fait étant héritier présomptif, des véritables intérêts du peuple russe. La mort du czarewitch le rapprocha
du trône et il succéda à son père Alexandre II.
Mais l'influence du changement de règne ne
tarda pas à se faire sentir et, sous son impulsion aussi bien que sous celle de l'illustre Kat-
koff, il se fit un immense effort pour dégager la
Russie de l'influence allemande. En refusant
de renouveler la triple alliance avec l'Allemagne et l'Autriche, Alexandre III a enfin établi
l'indépendance morale de sa nation.

C'est ce que M. Tatitstcheff constate dans les
termes suivants :

« La politique de la Russie à l'égard de l'Occident se résume dans le fait qu'elle doit maintenir son indépendance morale ainsi que l'intégrité de son territoire. Elle peut rester indifférente à toutes les disputes des puissances européennes, sans même se mêler de leurs
délimitations territoriales. »

L'auteur n'admet qu'une exception à cette
règle et continue ainsi :

«Spectatrice indifférente des malentendus et
des luttes intestines qui déchirent l'Occident,

elle ne mettra obstacle qu'à une chose : à un démembrement nouveau et définitif de la France par l'Allemagne ou par les efforts combinés de la triple alliance.

« Faut-il démontrer qu'en s'opposant à un pareil acte la Russie défend avant tout ses propres intérêts qui exigent la conservation à l'extrême Occident d'une France forte et puissante comme contrepoids à l'empire d'Allemagne, s'appuyant actuellement sur les armeés d'Autriche-Hongrie et de l'Italie et soutenue par les forces navales de la Grande-Bretagne ?

« L'Allemagne, à la tête de la ligue de la paix, domine déjà toute l'Europe centrale. Deux grandes puissances ont seules conservé leur indépendance et empêchent sa domination de s'étendre sur l'univers. De là, identité absolue de leurs intérêts réciproques. Que l'Allemagne parvienne à vaincre la France abandonnée par la Russie ou à vaincre la Russie non défendue par la France, et il n'existera plus d'équilibre non seulement en Europe, mais dans le monde entier.

« Toutes les puissances et tous les peuples se verront obligés de courber la tête sous le

joug de l'Allemagne et d'en reconnaître la souveraineté universelle.

« En résumé, la Russie est tout autant intéressée à soutenir la France dans sa lutte avec
la quadruple alliance, que la France l'est à soutenir la Russie. »

On me pardonnera cette citation un peu longue, que tout le monde a lue dans les journaux;
mais j'estime qu'elle contient la démonstration
la plus topique de l'utilité, de la nécessité de
l'alliance entre la France et la Russie ; il est
difficile de mieux dire et de renfermer cette
thèse en moins de mots.

A notre tour, c'est au nom de l'intérêt français et exclusivement au nom de cet intérêt
que nous soutenons l'alliance avec la Russie ;
et je dis, comme M. Tatitstcheff, que cette alliance doit être définie par un traité.

Oh ! j'entends bien ce qu'on dit dans nos
milieux politiques : « Puisque les intérêts des
deux nations sont concordants, un traité est
superflu. Si la guerre éclate entre l'une d'elles
et la triple (ou quadruple) alliance, l'autre volera à son secours ; nous possédons donc vir-
tuellement les bénéfices d'une alliance, par une

7.

sorte d'accord tacite, sans les inconvénients
d'un traité formel. »

Je veux démontrer que cette opinion est absolument déraisonnable et que, si elle devait
triompher d'une façon définitive, nous serions
exposés à de très grands périls, en cas de guerre.

Cette thèse est, d'abord, condamnée par l'histoire. En effet, des coalitions qui ont réussi,
on n'en trouverait peut-être pas une qui n'ait
été précédée d'un traité d'alliance en bonne et
due forme.

Lorsque François Iᵉʳ se trouva en guerre
avec Charles-Quint, c'est par un traité formel
avec le Sultan qu'il réussit à retenir dans la
vallée du Danube une armée impériale destinée à repousser l'invasion turque.

La prépondérance de la France en Europe à
la paix de Westphalie avait été préparée par
d'habiles traités passés par le cardinal de Riche-
lieu avec les princes allemands et avec le roi
de Suède.

Les coalitions contre Louis XIV, dont l'ambition insatiable avait mis l'équilibre européen
en péril, n'arrivèrent à leurs fins qu'après
plusieurs traités successifs passés entre la Sa-

voie, l'Empire, les princes allemands et l'Angleterre.

Au xviiie siècle, on vit successivement plusieurs coalitions dirigées successivement contre la France et la Russie, et chacune d'elles avait été négociée dans des traités en règle. Il en fut de même contre Napoléon; et la dernière de ces coalitions, celle qui entraîna sa chute, ne réussit que lorsque l'empereur d'Autriche, beau-père de Napoléon, consentit à signer le pacte qui le rendait solidaire des alliées.

Dans des temps plus récents, la Prusse ne se décida à déclarer la guerre à l'Autriche qu'après avoir passé un traité en forme avec l'Italie; la Prusse n'avait cependant pas le moindre doute sur les intentions de l'Italie, prête à s'allier avec n'importe quelle puissance pour conquérir la Vénétie; et l'Italie, de son côté, malgré qu'elle fût fixée sur l'ambition de la Prusse d'expulser l'Autriche de la confédération germanique, crut tellement à l'efficacité des traités qu'elle en signa deux, l'un avec le roi de Prusse, et l'autre avec l'empereur Napoléon, pour s'assurer de toute façon la possession de la province convoitée.

Enfin, malgré la constitution de la confédération de l'Allemagne du Nord, en 1866, la Prusse, avant d'entrer en campagne contre la France, en 1870, s'était assuré, par traité formel, le concours des princes confédérés.

Je pourrais multiplier ces exemples et montrer, par l'examen détaillé de ces traités, à quel point le *casus fœderis* est généralement prévu et précisé. Mais ce soin est superflu pour tous ceux qui connaissent l'histoire diplomatique.

Je reviens à l'examen spécial de la question qui nous occupe en ce moment, à savoir : l'alliance franco-russe ; et je répète qu'il est déraisonnable de se reposer sur une soi-disant alliance tacite.

D'abord, s'il n'y a pas de traité, il n'est pas évident du tout que l'une des deux nations volera nécessairement au secours de l'autre dès le début de la guerre ; des raisons de politique intérieure, qu'on ne peut pas fixer dès à présent, mais cependant concevables, sont susceptibles de retarder l'entrée en ligne de l'une des deux puissances. Quelques succès remportés au début de la campagne, par l'une, peuvent retarder l'action de l'autre, dans la supposition que son

concours n'est pas encore indispensable. Bref,
quelles que soient ces causes de retard, il
pourra en résulter l'écrasement subit de l'une
des puissances amies dans un désastre subit et
imprévu.

Et c'est à ce moment que l'autre irait se
heurter contre un ennemi grandi de tout le
prestige de la victoire, seule, sans allié possible,
avec la moitié des forces seulement dont l'alliance aurait pu disposer, après l'écrasement
de l'allié et, peut-être, sa disparition rapide du
théâtre de la guerre par la nécessité d'échapper
par une paix immédiate à la ruine totale ! Cela
est-il raisonnable ? La prudence la plus élé-
mentaire n'exige-t-elle pas, au contraire, que,
dès le premier moment, toutes les forces alliées puissent s'aligner contre les armées de la
coalition, pour diviser ses forces et lui porter
de deux côtés à la fois des coups vulnérables ?

Pour obtenir ce résultat, un traité formel est
nécessaire. Ce n'est pas tout : la guerre, à
l'Ouest comme à l'Est, présentera sans doute
des vicissitudes de succès et de revers pour tout
le monde, et l'un des deux alliés pourra se trouver affaibli alors que l'autre sera encore plein

de force; ne faut-il pas prévoir les conditions
dans lesquelles l'une et l'autre pourront traiter?

Ne faut-il pas prévoir que le premier vaincu
ne soit tenté de traiter prématurément avec la
coalition victorieuse pour échapper à un désastre complet et que la coalition ne consente facilement à un pareil traité pour disposer de
toutes ses forces contre celui des deux alliés
resté intact et devenu, par ce fait, plus dangereux? Puis, s'étant ainsi assuré une supériorité
numérique considérable contre celui-ci, elle ne
vienne à l'écraser à son tour?

Au contraire, si un traité lie les deux alliés,
celui des deux qui aura subi une première défaite, pendant que l'autre est encore intact ou
peut-être déjà victorieux de son côté, ne se laissera pas aller au découragement, parce qu'il
peut se reposer sur la force considérable dont
l'alliance dispose et qu'il sait qu'il ne sera pas
abandonné. Une défaite isolée sera un accident,
fâcheux sans doute, mais réparable, et ne se
changera pas, par la panique, en un désastre.

Donc, encore une fois, il faut un traité.

Il en est de l'action combinée d'alliés comme
de la stratégie d'une armée en campagne. Il

suffit de se rappeler les admirables campagnes
de Napoléon en Italie où il mit successivement
en déroute trois armées autrichiennes, chacune
d'elles étant supérieure en nombre à la sienne.
Si l'Autriche avait mis en ligne les trois armées
à la fois, Napoléon eût probablement été écrasé.
En outre, en combattant chacune de ces armées,
il s'arrangeait toujours de manière à anéantir
leurs divisions l'une après l'autre, avant qu'elles
fussent en état de se prêter mutuellement secours. C'est ainsi qu'une armée de vingt mille
hommes, compacte et bien commandée, peut
détruire en détail une armée ennemie de cent
mille hommes agissant, successivement, par
paquets de dix mille.

C'est encore de cette façon qu'à la bataille de
Leipzick la coalition fut victorieuse de Napoléon parce que, par une stratégie conseillée par
Bernadotte, elle s'était mise en mesure de faire
arriver sur le même champ de bataille toutes
les armées coalisées, tandis que la seule armée
de Napoléon eût eu facilement raison de chacune d'elles isolément.

On demandera quelle est la garantie d'un
traité?

Un traité n'a qu'un seul garant, l'intérêt commun des contractants; et cet intérêt est prépondérant. Mais il a, de plus, l'avantage énorme de prévoir, — non pas tous les cas, — mais les principaux cas, tous ceux qu'il est donné à la sagesse humaine de prévoir et sur lesquels on n'a pas le temps de philosopher pendant qu'on se bat.

Enfin, un traité fixe les conditions dans lesquelles on posera les armes et celles dans lesquelles on consentira à signer la paix.

Citons encore une fois M. Tatitstcheff:

« A nos yeux, — dit-il, — il est aussi clair que deux et deux font quatre que si la paix de l'Europe peut encore être assurée, ce sera au moyen d'une alliance ostensible, franche et sincère entre la Russie et la France, alliance dont les considérants sont si purs, si légitimes et si équitables qu'il n'y aurait, à notre sens, aucun inconvénient à publier les conditions du traité après sa conclusion.

« Les conditions ne nous paraissent guère compliquées : défense commune contre l'ennemi commun, garantie mutuelle de l'intégrité du territoire, engagement de ne pas signer la paix autrement que d'un commun accord... »

Je ne fais de réserve que sur un point : sur la publication complète du traité ; il peut être utile d'y joindre telle condition qu'il est superflu de faire connaître à nos adversaires ; nous n'avons pas, d'ailleurs, qualité pour discuter ici les conditions d'un pareil traité. Qu'il nous suffise de démontrer qu'il est indispensable.

On me fait encore cette objection : « Mais le czar n'a pas encore prononcé, jusqu'ici, une seule parole qui fasse supposer qu'il désire contracter une alliance formelle avec la France. »

L'objection peut se détruire par un seul mot : M. Carnot non plus n'a pas prononcé une seule parole en faveur d'un traité avec la Russie.

Et, d'ailleurs, peut-on supposer que les chefs d'État vont ainsi, témérairement, faire connaître à l'Europe le fond de leur pensée politique, et a-t-on jamais vu, depuis que le monde existe, des hommes d'État parler d'un traité avant qu'il n'ait été conclu ?

La vérité est que les classes dirigeantes en Russie sont encore fort incomplètement dégagées de l'influence allemande et que les

classes dirigeantes, en France, sont circon-
venues; qu'il existe une sorte de conspiration
germanique qui a ses agents partout, dont les
mots d'ordre sortent d'officines que l'on connaît; que cette conspiration a des complices
conscients ou inconscients dans des journaux,
dans des groupes politiques, et qu'elle s'ef-
force de pousser ses approches jusque dans le
milieu parlementaire qu'elle a la prétention
d'hypnotiser, et qu'elle tente de soustraire à
toute vue clairvoyante sur l'avenir et à toute
pensée de politique virile.

Ah! la France s'est admirablement relevée
de ses désastres et sa puissance grandissante
brille d'un tel éclat que ses adversaires en sont
réduits à étendre tous les jours le groupe des
coalisés dont la chaîne doit l'enserrer et l'im-
mobiliser. Elle a refait ses forces militaires et
reconquis le sceptre scientifique. Il suffit qu'elle
continue d'espérer, d'avoir foi en ses propres destinées : l'heure des justes réparations approche.

Je n'ai qu'une crainte : c'est qu'elle succombe
à ce que j'appelerai *la maladie du sommeil!*
Veillons, mes frères, veillons, car le danger
est proche !

Les penseurs des deux nations, française et russe, ont démontré la concordance de leurs intérêts; et à force de faire entendre cette démonstration, le peuple, qui n'agit que par sentiment, qui ne retient que les conclusions alors que les raisons lui échappent, le peuple a retenu leurs formules. C'est ainsi que l'alliance franco-russe est devenue *populaire* dans les deux pays.

Forts de ce sentiment, les gouvernements n'ont plus qu'à agir : leur prudence leur suggérera facilement les moyens par lesquels ils arriveront à traiter.

Il reste une dernière objection qu'il importe de détruire : — le panslavisme !

Le panslavisme est un fantôme germanique que depuis plusieurs lustres les journaux reptiliens de l'Europe centrale invoquent et évoquent pour discréditer la Russie, d'une part, et, de l'autre, pour que l'Europe détourne les yeux du pangermanisme réel dont elle est menacée.

Que l'on jette les yeux sur la carte d'Europe, que l'on interroge l'histoire, et l'on apprendra que depuis des siècles les nations germaniques

n'ont cessé d'écraser les nationalités slaves.
Les Slaves du Sud n'ont-ils pas été violemment
séparés des Slaves de Bohème et de Moravie
par des colonies allemandes ? Dans ces deux
derniers pays, des Slaves ne sont-ils pas jusqu'à nos jours victimes de la domination
d'une aristocratie allemande qui veut les empêcher d'arriver à la vie politique et à la pleine
conscience de leur nationalité ?

La Prusse n'a-t-elle pas fondé sa puissance
sur la germanisation de pays slaves, le Brandebourg, la Pologne, la Silésie ? Si la Russie, la
première des nations slaves qui ait conquis son
indépendance politique, vient en aide à ses
frères de race et les délivre successivement du
joug de l'étranger, s'ensuit-il pour cela qu'elle
rêve de les annexer ? Et, depuis si longtemps
qu'elle suit cette politique avec persévérance,
quelle est donc la nation slave qu'elle ait an-
nexée, sauf une partie de la Pologne, en tiers
avec la Prusse et l'Autriche ?

La Russie n'a-t-elle pas depuis fait toutes ses
conquêtes en Asie où elle a des intérêts considérables et où elle possède des territoires immenses qu'elle a besoin de mettre en valeur ?

N'y a-t-il pas là, pour elle, un champ incommensurable ouvert à son activité, et ne doit-elle pas se mettre en mesure de soutenir, sur ses immenses frontières asiatiques, des conflits des plus redoutables, dont chaque jour rapproche les échéances?

N'est-il pas nécessaire, par conséquent, qu'elle soit libre et tranquille du côté de l'Europe, pour continuer en sécurité la mission civilisatrice qu'elle s'est imposée du côté de l'Orient? Et ne pourrons-nous pas inférer de là que son intérêt n'est pas de s'étendre démesurément du côté de l'Occident où elle pourra se contenter de grouper autour d'elle des nations libres, indépendantes et de même race qu'elle?

Tout cela est évident; et quand le panslavisme ne serait pas, ainsi que je le prétends, un fantôme à l'aide duquel on essaie de nous effrayer, n'est-il pas évident aussi que le danger dont il peut menacer l'Europe est bien éloigné; que le fantôme n'est encore visible que pour des yeux extra-terrestres et qu'il aura besoin de revêtir une forme matérielle pour devenir menaçant ; et qu'enfin, s'il menace quelqu'un, ce n'est pas nous, mais ce quelqu'un qui est placé entre lui

et nous, ce quelqu'un qui est la race germanique?

Disons donc qu'il y a une réalité terrible qui
nous menace immédiatement et qui pourrait
bien, par notre coupable négligence, faire évanouir le fantôme et nous faire disparaître nous-
mêmes comme nation. Cette réalité, c'est l'Allemagne pesant de tout son poids sur l'Europe
par sa population pullulante, par ses armées,
son commerce, son industrie; par ses colonies,
qui s'infiltrent partout et altèrent la pureté de
toutes les races ainsi que l'esprit de toutes les
nationalités; par ses alliés, par toutes les nations
inféodées à sa politique par la terreur et par
l'absence de tout contrepoids à sa toute-puissance.

Ce contrepoids existe, mais il n'est encore
qu'une force latente : il se compose de deux frag-
ments — la France et la Russie — qui se font
pendant aux extrémités de l'Europe et qui, liés
entre eux, rétabliront l'équilibre violemment
détruit depuis vingt ans.

Mais, objectera-t-on enfin, un traité entre la
France et la Russie, dès qu'il sera connu, c'est
la guerre à bref délai!

En est-on bien sûr ? N'est-il pas permis de
croire que la paix est assurée tant que la triple
alliance n'aura pas refait ses armes et ses car-
touches, et, par conséquent, indépendamment
de toute combinaison d'alliances entre la France
et d'autres nations ; et si cette raison n'était pas
véritable, la triple alliance n'aurait-elle pas tout
intérêt à surprendre la France isolée, alors qu'on
sait pertinemment qu'il n'y a pas, actuellement,
d'alliance conclue ?

Et une fois son armement parachevé, n'aurait-
elle pas un intérêt plus considérable encore à
nous attaquer si nous n'avons pas d'allié ?

On peut conclure de là, logiquement, que la
France doit profiter de ce répit probable pour
conclure une alliance formelle avec la Russie.

En vérité, tout le monde sait la guerre inévitable, à moins d'un miracle de sagesse qui fasse
descendre sur les têtes de tous les gouvernants
de l'Europe les flammes de feu du St-Esprit et
les convertisse instantanément au désarmement
général et à la paix universelle. Quant à moi,
je doute que la foi la plus robuste se repose sur
l'éventualité d'un pareil miracle !

La guerre est donc inévitable ; mais la doctrine « après moi le déluge » a beaucoup d'attraits pour la plupart des gouvernements.

J'ajoute que s'il est difficile de croire qu'elle puisse être évitée, il n'est pas moins raisonnable de penser qu'elle ne pourra pas être retardée d'un grand nombre d'années. Dans ces conditions, la pire des politiques est celle qui s'inspire de la méthode de l'autruche, consistant à cacher sa tête dans le sable pour ne pas voir le danger dont elle est menacée.

Il faut, au contraire, regarder virilement ce danger en face, et il appartient aux hommes politiques, non de le masquer au peuple ni de le lui faire oublier en évitant d'en parler ainsi qu'on fait malheureusement en France (où l'on a réussi à désintéresser le corps électoral de tout souci de la politique étrangère); mais de le mesurer et de prendre à temps des résolutions énergiques pour y parer convenablement.

Mais s'il existe un moyen capable d'éviter cette guerre formidable en perspective, ce moyen doit être tenté.

Or, je n'en vois qu'un, et c'est précisément une alliance entre la France et la Russie.

D'abord, les forces réunies de ces deux nations

contre-balancent celles de la triple alliance ; on estime même qu'elles les dépassent ; et je n'en veux pour preuve que la fiévreuse activité déployée par le gouvernement allemand pour tâcher de rattacher à ce noyau les nations de l'Europe restées en dehors de ces deux groupements principaux.

Lorsqu'on saura, en Europe, que la France et la Russie sont indissolublement unies pour une période déterminée d'années, les nations secondaires, actuellement livrées sans défense à l'attraction de la prétendue ligue de la paix, retrouveront leur libre arbitre, et toutes celles qui se sentent menacées dans leur indépendance viendront naturellement se grouper autour du noyau franco-russe pour constituer avec lui une contre-ligue capable de contenir l'ambition des puissances qui composent la première ligue.

Je donne encore la parole à M. Tatitstcheff qui, sur ce point particulier, s'exprime ainsi :

« La signification pacifique d'un traité d'alliance défensive franco-russe ne tarderait pas à être confirmée par l'adhésion à ce traité des puissances de second ordre les plus intéressées au maintien de la paix et qui cherchent en vain

8

une orientation contre les dangers dont l'existence de la quadruple alliance menace leur indépendance.

« Il n'y a pas de doute qu'encouragés par la France unie avec la Russie, les Pays-Bas, la Belgique, la Suisse ne viennent à se grouper autour d'elles et, à leur tour, soutenus par elle, ne se montrent capables de défendre leur indépendance. »

M. Tatitstcheff aurait pu joindre à son énumération le Danemark, qui garde des souvenirs cuisants de la brutalité germanique, la Suède et la Norwège. Le mouvement d'opinion qui se produit dans ces pays en faveur de la reconstitution de l'union scandinave, rappelant l'ancienne union de Calmar, n'est-il pas l'expression du besoin qu'éprouvent ces nations de trouver un groupement qui les mette à l'abri du danger dont le pangermanisme les menace ?

Je livre ces réflexions aux méditations de nos hommes d'État.

Faut-il donc attendre, pour agir, que nos ennemis présomptifs aient achevé leur formidable œuvre de concentration ; faut-il attendre que toutes les nations de l'Europe, l'une après l'autre, soient entrées dans le cercle d'attraction germanique, paralysées dans leurs mouvements par des traités secrets qui leur auront été imposés parce qu'il n'existe pas dans le monde entier un centre de résistance auquel elles puissent s'attacher pour faire respecter leur indépendance ?

Ne voyons-nous pas toutes ces nations poussées par l'Allemagne à des armements ruineux et faut-il attendre que leurs armées soient toutes devenues des dépendances du grand état-major de Berlin ?

Non, il est vraiment temps de secouer notre torpeur, de quitter la fausse sécurité où une diplomatie à courte vue nous a trop longtemps maintenus, et d'adopter rapidement les seules mesures encore à notre disposition avant que le monde entier ne soit englobé dans le vaste réseau où l'on essaie de nous enserrer, avant que toutes les nations ne soient précipitées dans une honteuse vassalité.

Pour assurer la sécurité de la France, et la liberté du monde, il n'y a plus qu'un moyen, l'établissement à bref délai d'un traité formel d'alliance entre la France et la Russie.

J'avais déjà livré à l'impression ces pages consacrées à l'alliance franco-russe (1) lorsqu'a paru la brochure du colonel Stoffel dont le titre est « De la possibilité d'une future alliance franco-allemande ».

J'ai lu la brochure de M. le colonel Stoffel avec l'attention que méritent le grave sujet qu'il traite, ainsi que la notoriété de l'auteur ; j'avoue que je ne suis nullement convaincu « de la possibilité d'une alliance franco-allemande (2) ».

Je laisse de côté les vingt-trois premières pages (plus de la moitié), consacrées à un exposé historique où l'honorable colonel nous montre, en raccourci, les vingt-cinq siècles de lutte entre les Gaulois et les Germains pour la possession du Rhin. Je ne ferai, à cette occasion, qu'une seule remarque, que le public a sans doute déjà faite avec moi, c'est que ce préambule n'est pas fait pour disposer favorablement les Français à accepter la formule qui sert de titre à la brochure, et qu'on est en droit de se demander s'il n'y a pas là un énorme paradoxe.

(1) « L'alliance franco-russe, » par M. Wickersheimer, député. (Savine, éditeur.)
(2) Tel est le titre de la brochure de M. le colonel Stoffel.

Je préfère croire que le colonel Stoffel, dont personne ne peut contester le patriotisme, est sincèrement affligé des maux engendrés par cette querelle vingt-cinq fois séculaire entre deux nations ou deux races voisines, et que, hanté par le spectre du panslavisme, il soit arrivé à diminuer un danger immédiat et certain par crainte d'un danger problématique et éloigné.

Le tableau rapide qu'il trace de l'histoire de la race germanique est d'ailleurs très incomplet, puisqu'il ne représente que ses irruptions incessantes sur les frontières occidentales de son territoire ; l'auteur oublie ou néglige celles qui se sont produites, pendant des siècles, sur les frontières méridionales et orientales des pays occupés par la race germanique.

Il eût été bon de nous montrer, après l'invasion des Gaules par les Germains, incessamment renouvelée depuis que le pays gaulois est devenu franc ou français, celles que la même nation n'a cessé de pousser en Italie, sur le Danube, l'Elbe et la Vistule.

Après les grandes invasions germaniques qui mirent fin à l'empire d'Occident, la lutte sécu-

8.

laire des Guelfes et des Gibelins, dont le bruit
remplit tout le moyen-âge, n'était-elle donc pas
un élément d'appréciation des plus importants
pour le caractère politique de la race allemande?
Est-il permis, — je ne dis pas d'ignorer, — mais
de négliger l'asservissement successif de toutes
les populations slaves de l'Europe centrale, depuis le Danube jusqu'à la Baltique, et ces luttes
mémorables où plusieurs nationalités ont disparu sous les coups des Germains et ne sont
arrivées que de nos jours à retrouver le sentiment de leur individualité et à demander leur
droit à l'autonomie?

La lutte du sacerdoce et de l'empire, qu'est-ce
donc si ce n'est le combat de ce qui reste de
sentiment national, en Italie, après la chute de
l'empire romain, soutenu et concentré par la
papauté contre les invasions sans cesse renou-
velées des hordes germaines constamment en
quête de conquêtes et de pillage?

La guerre des Hussites, au quinzième siècle,
dont le prétexte fut une question de confession
religieuse, n'a-t-elle pas été, dès son début et
jusqu'à la fin, la lutte d'une race contre une
autre race, d'une nation slave combattant pour

sa langue, sa religion et son indépendance nationale, contre un empereur et des princes allemands ?

Cela est si vrai que dans les luttes politiques dont la Bohême est actuellement le théâtre, on trouve aux prises les mêmes éléments incompatibles qu'il y a quatre siècles, ainsi que l'a démontré avec tant de précision et une si grande autorité un éminent historien que l'Alsace s'honore de compter parmi ses enfants (1).

Et le Brandebourg, la Poméranie, la Silésie, la Bohême, la Moravie, la Carinthie, la Dalmatie, la Bosnie et l'Herzégovine ne sont-elles pas des provinces de races slaves germanisées ou dominées par des Germains? Je pourrais y ajouter les Serbes et les Roumains de Hongrie, que l'aristocratie magyare, alliée aux Allemands, tient sous son joug.

Voilà le pangermanisme pris sur le fait et s'exerçant, depuis vingt-cinq siècles, à dominer toutes les nationalités gauloises, latines et slaves. Et vous venez nous parler du danger panslaviste?

(1) M. Zeller, membre de l'Institut, ancien professeur à l'Ecole polytechnique.

Si le panslavisme peut devenir un danger, dans un avenir plus ou moins lointain, à quoi le devrons-nous donc si ce n'est à l'expansion conquérante et ininterrompue de la race germanique? Et si, comme personne n'en doute, pas même M. Stoffel, cette tendance envahissante, attestée par l'histoire, menace notre race plutôt que toute autre précisément, comme l'honorable colonel le fait remarquer, parce qu'elle est à la fois plus ancienne et d'une civilisation plus raffinée, et aussi parce qu'elle est inférieure en nombre aux races slaves en lutte avec la race germanique, est-il bien logique de nous mettre en garde contre la Russie qui, si elle doit nous menacer un jour, ne nous menace encore que de fort loin?

Je me suis efforcé, dans la brochure précitée, d'éviter tout ce qui pourrait être taxé de passion et j'ai explicitement repoussé toute thèse sentimentale

C'est pourquoi j'estime que M. Stoffel a raison lorsqu'il blâme les Français qui sont russophiles au point d'abaisser leur patrie devant la Russie. J'ai eu soin de dire, d'ailleurs, dans quelles conditions je suis partisan de l'alliance russe:

« C'est au nom de l'intérêt français et exclusivement au nom de cet intérêt que nous
soutenons l'alliance avec la Russie » (page 25);
de même que M. de Tatitstcheff, auquel je ré-
pondais, n'a soutenu l'alliance avec la France
qu'au nom des intérêts russes.

Abaisser sa propre patrie devant l'étranger
est un méfait; c'est en outre un moyen bien
maladroit pour lui procurer des alliances.

Je partage donc l'opinion de M. Stoffel lorsqu'il dit (p. 39 de sa brochure):

« Mais il est bon, croyons-nous, qu'en France
on se garde d'entraînements irréfléchis. La
France n'a aucun besoin de se montrer pro-
digue de caresses envers la Russie, car elle n'a
pas à craindre de se l'aliéner; la Russie trouve,
en effet, un trop grand avantage dans son amitié, pour ne pas la cultiver avec soin.

« On ne peut que s'affliger de voir la France
compter si peu pour elle-même et faire, par ses
écrits et ses manifestations, un aveu d'impuis-
sance, qui la rabaisse aux yeux de ses amis et
de ses ennemis. Le rôle de la presse devrait
être de relever le sentiment national et d'exhor-

ter la France à ne compter que sur ses propres forces. »

Voilà qui est bien. Mais alors comment se fait-il que c'est précisément cette partie de la presse hostile à l'alliance russe et favorable à l'alliance allemande qui est celle où l'on s'occupe le moins de relever le sentiment national, où l'on fait la guerre la plus perfide au chauvinisme qui est, en définitive, la seule forme de patriotisme compréhensible pour les masses, où l'on va même jusqu'à conseiller de diminuer les sacrifices que la nation s'impose pour sauvegarder son indépendance?

Comment se fait-il que cette partie de la presse soit précisément celle où l'on préconise l'alliance allemande que M. Stoffel se défend de nous conseiller, mais qu'il essaye de démontrer comme la seule possible? Car il faut être logique. Nous sommes en présence d'un dilemme : l'alliance franco-russe, librement conclue entre la France et la Russie, ou l'alliance franco-allemande *imposée* (c'est l'expression soulignée par M. Stoffel lui-même) à la France contre la Russie.

C'est la seconde solution qu'indique M. Stof-

fel, avec un grand luxe d'arguments, comme
étant le moyen le plus facile pour réunir de
nouveau l'Alsace-Lorraine à la France.

Ce qu'il y a de curieux, c'est que l'auteur se
défend dans le *supplément* (page 48) d'être l'ennemi de la Russie, et taxe même cette accusation de puérile.

Il faudrait pourtant s'entendre.

Sans doute M. Stoffel dit, dans le cours de sa
brochure, que « l'entente plus ou moins intime
de la France et de la Russie est dans la force
des choses, puisque la France et la Russie ont
l'Allemagne pour ennemie commune » ;.......
que « cette alliance (l'alliance russe) n'aura pas
de plus chaud partisan que lui ».

Mais, bientôt après, il pose le dilemme suivant :

« ..... Comment la France pourrait-elle ren-
trer en possession de l'Alsace-Lorraine? Il n'y
a que deux moyens : une guerre ou une rétrocession librement consentie par l'Allemagne »
(p. 24).

Et, en effet, la thèse dominante de la brochure
de M. Stoffel est celle-ci : la France et l'Allemagne seront ennemies tant que l'Alsace-Lor-

raine ne sera pas rendue à la France. Puis,
examinant les moyens à employer, il n'en voit
que deux : ou une guerre (avec l'Allemagne
s'entend), et ce moyen lui paraît très aléatoire,
même avec l'alliance de la Russie (en tous cas
il demande qu'on attende pour faire la guerre
la rupture de la triple alliance et le doublement
des voies ferrées stratégiques de la Russie), ou
l'alliance avec l'Allemagne; et il avoue *franchement* sa *préférence* pour cette solution *pacifique, même au prix d'une alliance imposée à la France par sa plus cruelle ennemie* (p. 31).

Donc, M. Stoffel a fait son choix, il a une
préférence pour l'alliance allemande, même
imposée; donc, il repousse l'alliance russe et,
par conséquent, lorsque M. Stoffel se plaint,
dans le supplément de sa brochure, qu'on l'accuse d'inimitié contre la Russie et qu'il traite
cette accusation de puérile, nous sommes en
droit de dire ou qu'il a oublié les pages précédentes de sa brochure ou qu'il a soutenu une
thèse contradictoire.

On a le droit, sans doute, en bon patriote,
cherchant le meilleur moyen d'obtenir la rétrocession de l'Alsace-Lorraine, de préconiser

l'alliance allemande. Mais, alors, il n'est pas
permis de dire que l'alliance russe est dans la
force des choses ; qu'on en sera le plus chaud
partisan tant que la France restera démembrée;
ou, si tout cela est vrai, on doit nécessairement
conclure contre le second terme du dilemme
qu'on a soi-même posé et qui est l'alliance allemande. Mais il n'est pas permis de dire au public : je pose un dilemme et j'en accepte un
terme sans consentir à passer pour avoir repoussé l'autre.

Le dilemme est posé : l'alliance russe ou
l'alliance allemande. Nous avons nettement
choisi le premier terme et nous avons donné
les motifs de notre opinion. Nous avons fait
plus : nous avons dit que cette alliance ne sera
efficace qu'avec un traité formel limitant l'action commune des deux alliés, et nous nous
sommes efforcé de démontrer pourquoi ce traité
était indispensable.

Mais avant d'aller plus loin, négligeant les
contradictions qui abondent dans le travail que
nous critiquons, prenons les termes mêmes
de la solution préférée de M. Stoffel, solution
qu'il appelle pacifique et qui s'obtiendrait au

9

prix d'une alliance imposée à la France par sa plus cruelle ennemie.

Je nie, d'abord, que cette solution soit pacifique et, pour le prouver, il me suffit encore de citer M. Stoffel. Il dit, en effet (p. 31) : « Si l'Allemagne entrait un jour dans la voie des concessions, elle exigerait probablement de la France une alliance offensive et défensive. »

Et, page 32, il est expliqué clairement que cette alliance « offensive et défensive » serait dirigée contre la Russie.

C'est cela que l'auteur appelle une solution pacifique ! Mais, alors, je demande qu'il nous dise si une alliance défensive et offensive avec la Russie ne serait pas également une solution pacifique ; ou pourquoi l'alliance allemande seule jouirait de cette précieuse qualité.

Ou plutôt non ; c'est là une contradiction de plus dans cet ouvrage qui en est rempli. Solution pacifique, alliance défensive et offensive, sont deux termes qui s'excluent. L'alliance que propose M. le colonel Stoffel est en vue d'une guerre contre la Russie. Pourquoi, alors, ne pas le dire franchement ? Je le répète, toute thèse inspirée par le patriotisme est soutenable,

et celle de M. Stoffel est dans ce cas. Je ne lui
reproche que de ne pas l'exposer carrément et
de l'envelopper de contradictions qui enlèvent
une grande valeur à son argumentation.

Mais il y a plus : M. Stoffel accepte l'alliance
défensive et offensive de l'Allemagne (au prix
de la cession de l'Alsace-Lorraine) *même imposée*. Ceci est extrêmement grave.

Je puis comprendre une alliance offensive et
défensive conclue *librement*, entre l'Allemagne
et la France, au prix de la rétrocession préalable de l'Alsace-Lorraine (s'il est prouvé que
cette solution est préférable à tout autre), mais
non une alliance *imposée*.

M. Stoffel se plaint, avec raison, que la presse
ne relève pas suffisamment le sentiment national ; croit-il donc qu'une alliance imposée par
l'Allemagne soit de nature à le faire ?

Comment n'a-t-il pas vu que la plus grande
humiliation que la France pût subir serait de
devenir un satellite de l'Allemagne qu'il appelle
lui-même sa plus cruelle ennemie ? Quoi ! nous
abdiquerions à ce point toute fierté nationale,
tout sentiment d'indépendance, pour nous en-
gager dans une guerre contre la Russie ou con-

tre toute autre nation, — car le mot « imposée »
supprime toute réserve, — par la seule volonté
de l'Allemagne ?

Celle-ci viendrait nous dire un beau jour :
« Nous vous rendons l'Alsace-Lorraine, puisque
notre sécurité l'exige, mais nous vous impo-
sons de mettre vos armes et votre flotte à notre
disposition contre nos ennemis. »

Mais y a-t-on bien songé ? Il y aurait encore,
sans doute, un peuple français payant des impôts pour entretenir une armée et une flotte
que l'Allemagne se chargerait de diriger à son
gré, où des officiers prussiens tiendraient les
rangs les plus élevés, une sorte d'armée mer-
cenaire payée par nous, mais utilisée par les
Allemands au gré de leur politique. Il y aurait tout cela, mais la France, où serait-elle ?

Nous avons entendu parler, il y a quelques
mois, d'un projet qui a vu le jour en Allemagne
et qui consistait à imposer à la Hollande l'alliance allemande en lui garantissant son
territoire sous la condition de mettre la
flotte hollandaise à la disposition de l'ami-
rauté prussienne ; et ce projet, humiliant pour
la nation hollandaise, a reçu, chez elle, l'ac-

cueil qu'il méritait. Et c'est un projet semblable qu'un officier français vient offrir à la
France?

Et si cela n'est pas vrai, et si le mot « imposé » a perdu le sens que le dictionnaire
français lui attribue, qu'on daigne au moins
nous l'expliquer. D'ici-là nous sommes en
droit d'affirmer qu'une alliance imposée dans
ces conditions, quels qu'en fussent les bénéfices, serait humiliante et déshonorante pour
notre nation.

Là où M. Stoffel est dans le vrai, c'est lorsqu'il démontre que l'Allemagne a commis une
faute lourde, en 1871, en annexant l'Alsace-Lorraine ; non seulement parce qu'elle a, par là,
humilié la France, mais encore et surtout parce
qu'elle lui a enlevé toute sécurité en plaçant ses
frontières à quelques jours de marche de Paris,
ce qu'une grande puissance de trente-huit millions d'habitants ne saurait jamais accepter.

Il se demande ensuite comment M. de Bismarck, qui se montra si clairvoyant en 1886 et
qui, à Nikolsbourg, lutta si courageusement
contre l'entourage du roi de Prusse et contre
Guillaume lui-même, pour lui faire accepter la

médiation de Napoléon III, c'est-à-dire pour empêcher le démembrement de l'Autriche et l'humiliation de cette puissance, comment le Grand Chancelier n'eut pas la même modération ni la même clairvoyance en 1871. La vérité, dit-il, est « qu'en 1871, ni M. de Bismarck, ni aucun des conseillers de l'empereur d'Allemagne n'entrevirent la portée et les conséquences des conditions imposées à la France ».

Ils ne durent pas prévoir, surtout, que la Russie, jalouse de l'accroissement énorme de puissance de ses voisins de l'Ouest, deviendrait bientôt l'ennemi de l'Allemagne.

Tout cela est fort logiquement déduit.

L'auteur se demande ensuite s'il est possible que l'Allemagne consente à une rétrocession volontaire de l'Alsace-Lorraine, et il répond par l'affirmative. Il donne pour motif de son opinion que l'Allemagne est placée dans une situation inquiétante par l'éventualité d'une guerre avec la France et la Russie, que cette éventualité donne de graves soucis au gouvernement de Berlin (M. Stoffel dit qu'il a de bonnes raisons pour avancer ce fait qui est trop inconnu en France), et que l'idée de la rétrocession de

l'Alsace-Lorraine « a gagné du terrain en Allemagne ». Il regarde donc comme possible que,
dans un « avenir prochain, une grande partie du
peuple allemand, reconnaissant la faute dont
se sont rendus coupables les hommes d'État de
1871, se montre disposé à la réparer ».

Nous n'avons garde de mettre en doute les
renseignements particuliers dont M. Stoffel a
eu la confidence, mais ce que nous savons, c'est
que jusqu'à ce jour un seul parti, le parti socialiste, n'a cessé et, dès le lendemain de la
guerre, de protester contre l'annexion de
l'Alsace-Lorraine. Il n'y a pas trace d'une opinion semblable, ni dans les discours, ni dans
les journaux d'un autre parti.

Il est vrai que le parti socialiste gagne tous
les jours en force et que les élections qui
viennent d'avoir lieu en Allemagne ont notable-
ment accru le nombre de ses partisans. M. le
colonel Stoffel est donc fondé à dire, non plus
sur la foi de renseignements privés, toujours
sujets à caution, mais d'après les faits publics,
que l'opinion qu'il soutient gagne du terrain en
Allemagne. Mais cela ne suffit pas : il faut que
cette opinion devienne la majorité. M. Stoffel

avoue lui-même qu'il faudra encore bien des
années pour que cette opinion vienne à dominer. Il attend surtout la solution qu'il désire si
ardemment, et ce désir si patriotique nous fait
volontiers oublier les contradictions de sa thèse,
de l'avènement au pouvoir d'un homme de génie, dont les conseillers n'auraient eu aucune
part dans les événements de 1871, et qui aurait la sagesse de faire prévaloir cette solution
destinée à mettre fin à l'antagonisme séculaire
entre les deux nations limitrophes.

On a quelque peine à ne pas se rendre à un
vœu si généreux et, cependant, nous avouons
que nous croyons difficilement à sa réalisation.
M. Stoffel ne dit-il pas encore que l'Allemagne
ne cédera l'Alsace-Lorraine que contrainte et
forcée, comme fit l'Autriche de la Vénétie?

Nous acceptons la comparaison. Mais comment l'Autriche fut-elle contrainte de céder la
Vénétie à l'Italie ? Par une alliance de la Prusse
avec l'Italie. N'est-ce pas là un argument des
plus démonstratifs de la nécessité où se trouve
la France de trouver un allié contre l'Allemagne; et quel peut être cet allié, si ce n'est
la Russie?

Mais en attendant ce revirement d'opinion en Allemagne, en attendant l'avènement de cet homme de génie qui nous rendra l'Alsace-Lorraine, quelle sera la situation de la France menacée par la triple alliance, sans allié ? M. Stoffel nous conseille bien de cultiver provisoirement l'amitié et l'alliance de la Russie. C'est bien ce que nous faisons tous ; le seul point qui nous divise, c'est celui de savoir si cette alliance sera scellée par un traité, ou simplement éventuelle, parce qu'elle est dans l'intérêt réciproque des deux nations.

Or, c'est pour combattre cette dernière doctrine que notre première brochure a été publiée : nous y avons soutenu et nous croyons y avoir démontré que l'alliance sans traité est inefficace et expose la France à être écrasée et dans l'obligation de signer une paix désastreuse, avant que la Russie n'ait pu venir à son secours. Nous attendrons, pour en dire davantage, que notre démonstration ait été réfutée.

Mais M. le colonel Stoffel nous fournit lui-même un argument lorsqu'il nous expose (p. 24) que l'Allemagne concentre ses forces principalement sur sa frontière occidentale, afin

9.

d'être en mesure d'écraser la France avant que
la Russie ne soit prête à entrer en campagne
« efficacement ».

Il est certain que, dans ces conditions, s'il
n'y a pas d'alliance défensive et offensive avec
la Russie, la France, incertaine d'être secourue,
traitera au prix de grandes concessions et sera
encore une fois démembrée. Puis, les armées
de la triple alliance, devenues libres, conver-
geront vers l'Est pour écraser la Russie à son
tour. Au contraire, s'il y a traité d'alliance, la
France continuera à résister, même après une
grande bataille perdue, parce qu'elle connaît
les ressources inépuisables de la Russie et
qu'elle aura la certitude qu'en gagnant du temps
elle pourra, grâce à l'appui de son puissant
allié, réparer ses désordres.

Il en serait tout autrement si, dès maintenant, le gouvernement allemand était en mesure de nous proposer une alliance librement
consentie, et non imposée, au prix de la rétrocession de l'Alsace-Lorraine. Une pareille proposition serait extrêmement séduisante et nous
ne pourrions, sans cruauté pour l'Alsace-Lorraine qui, depuis vingt ans, souffre en silence

et continue à protester de son attachement invincible pour la France, nous refuser à l'en assurer. Mais M. le colonel Stoffel déclare lui-même qu'une pareille éventualité, incertaine pour l'avenir, mais non impossible à prévoir, est encore fort éloignée. Par conséquent sa thèse, même dégagée de toute restriction, n'est pas applicable au temps actuel. Or, s'il ne nous est pas interdit d'interroger l'avenir, s'il est même indispensable que l'homme politique s'attache à prévoir les éventualités futures, il n'en est pas moins vrai que M. Stoffel ne peut nous offrir aucune solution pour les besoins actuels, qui sont pressants ; et c'est pourquoi, l'alliance franco-russe nous donnant pleine garantie pour le présent, nous croyons que le patriotisme nous commande de la soutenir.

La grande objection de M. Stoffel contre l'alliance russe, c'est le danger que la Russie ne tardera pas à faire courir à l'Europe occidentale à cause des divisions qui existent entre ses différentes nations.

Il s'appuie sur la prophétie de Napoléon à Sainte-Hélène, qu'avant un siècle l'Europe serait républicaine ou cosaque.

L'auteur, qui attribue à Napoléon une clairvoyance surnaturelle, dit même qu'il a mérité,
sous tous les rapports, le titre de *voyant*.

On aurait tort, certainement, de refuser de
reconnaître que Napoléon fut un homme extraordinaire et un des généraux les plus remarquables que le monde ait produits. Mais lui
attribuer le titre de *voyant* me paraît excessif.
Si Napoléon avait eu, à ce point, le don de prophétie, que n'a-t-il prévu qu'il finirait un jour à
Sainte-Hélène ? et pourquoi, à Tilsitt, proposa-
t-il à Alexandre Ier le partage du monde ?

Pourquoi ? mais la réponse à cette question
se trouve dans tous les actes, dans toutes les
paroles de Napoléon : c'est, qu'à son avis, la
puissance redoutable entre toutes, la seule qu'il
honorât d'une haine persistante et insurmontable, c'était, non la Russie, mais l'Angleterre.
L'Angleterre dont il prévoyait, grâce aux Indes,
grâce à sa politique persistante d'accaparement,
grâce à ses positions stratégiques dans la Méditerranée, l'immense développement économique, rival de celui de la France et de toutes
les nations du vieux monde, et qu'il rêvait de
restreindre à sa position insulaire.

Toute sa politique qui, depuis 1799, n'a cessé
d'être dirigée contre l'Angleterre, ce blocus
continental, régime atroce auquel il soumit
toute l'Europe afin de ruiner son insaisissable
ennemie, tout cela n'était donc que folie; et
s'il avait une vue clairvoyante sur l'avenir de
la Russie, que n'y a t-il subordonné sa politique
en s'alliant à l'Angleterre contre le grand empire du Nord ?

La vérité est que Napoléon vit dans l'Angleterre, non seulement la rivale commerciale de
la France, mais encore la nation libérale décidée, au prix des plus grands sacrifices, à arrêter
son despotisme débordant. Et c'est là qu'est
le secret de l'intimité de Tilsitt avec Alexandre.

Nous n'entreprendrons pas de réfuter une
seconde fois la thèse du panslavisme opposé au
pangermanisme. Celui-ci nous menace directement et menace, en même temps, les autres nations ; l'autre ne constitue pour nous qu'un
péril problématique et, en tous cas, fort éloigné.

Mais une question que M. Stoffel n'a pas
touchée et qui est cependant de la plus haute
importance pour la France, c'est celle de l'équilibre méditerranéen.

La France occupe, dans la Méditerranée, une situation des plus importantes, mais non dépourvue de dangers, étant dans la nécessité de défendre une énorme étendue de côtes sans avoir la certitude de pouvoir secourir efficacement celles de ses colonies d'Afrique.

Or, quels sont nos rivaux dans la Méditerranée? L'Italie d'abord, qui y possède des côtes fort étendues et qui, depuis vingt ans, a fait les plus grands sacrifices pour y établir des stations navales formidablement armées et une flotte de combat très redoutable; qui, en outre, convoite Tunis ou Tripoli, ou les deux à la fois.

L'Angleterre ensuite, la première puissance maritime du monde, qui y possède Gibraltar par où elle commande le détroit, passage obligé de nos flottes pour se rendre dans l'Océan, dans la Méditerranée, ou inversement; Malte, qui sépare la Méditerranée orientale de celle occidentale; Chypre, enfin, sur la côte d'Asie, et l'Égypte, et qui convoite, en Orient, tout ce qui peut être à sa portée.

Or, l'Italie fait partie de la triple-alliance et nous menace directement; l'Angleterre, sans

faire partie absolument de l'alliance des puissances centrales, met cependant sa flotte à
leur disposition, dans la Méditerranée, en vue
de certaines éventualités. Quant à l'Allemagne,
elle possède Trieste, par l'Autriche. Or, cette
triple ou quadruple alliance est dirigée par l'Allemagne, notre plus cruelle ennemie, selon
M. Stoffel, tandis que la Russie n'a pas accès
dans la Méditerranée. Elle ne nous menace ni
à l'Ouest, ni à l'Est, ni au Maroc, tant convoité
par d'autres, ni à Suez. Qu'on nous montre
donc enfin le danger dont elle nous menace,
dans la Méditerranée, même dans un avenir
éloigné?

Mais ce que nous voyons clairement, c'est
que les mêmes puissances qui nous menacent
sur le continent sont celles dont nous avons
tout à craindre dans la Méditerranée.

Peut-on soutenir que ce péril soit chimérique
ou éloigné?

En terminant, qu'on nous permette de faire
remarquer que nul plus que nous n'est disposé
à soutenir toute combinaison qui assure à la
fois la paix et la rétrocession de l'Alsace-Lorraine à la France. Mais celle que M. le colonel

Stoffel nous propose ne nous paraît pas remplir ces conditions.

Les lignes qui précèdent étaient écrites avant que la conférence de Berlin ne fût annoncée : cet événement n'est pas de nature à modifier nos sentiments ni notre opinion.

Le moment est passé de nous demander si nous avons bien ou mal fait d'aller à Berlin, mais il n'est pas inutile d'examiner les conséquences politiques de notre adhésion à l'œuvre entreprise par l'empereur d'Allemagne.

Un premier point acquis, c'est le refroidissement momentané de nos relations avec la Russie.

Les nouvelles contradictoires, lancées dans le public au sujet du retrait possible de l'obligation des passeports imposée aux Français qui veulent se rendre en Alsace-Lorraine, ou même seulement pour franchir la frontière, sont une preuve que nous eussions sagement agi en soulevant cette question avant de répondre favorablement à l'invitation qui nous était adressée.

En effet : le traité de Francfort, que l'Allemagne nous a imposé par la force des armes, stipule que Français et Allemands traiteront

respectivement sur le pied de la plus exacte
réciprocité ceux de leurs nationaux établis
dans le territoire de l'une et l'autre nation.
Or, non seulement les Français qui ont été
mis en demeure d'opter pour la nationalité
française après la guerre se sont vu interdire
un établissement quelconque en Alsace-Lorraine, ce qui est absolument contraire au traité
de paix, mais encore, par l'obligation des passeports, aucun de nos nationaux placés dans cette
catégorie ne peut séjourner, même temporai-
rement, dans les pays annexés, sans l'autorisa-
tion de la police allemande.

Cette obligation est si pénible et l'autorisa-
tion est si aléatoire qu'on a vu des fils, des
filles même, empêchés d'assister aux derniers
moments de leur père ou de leur mère mou-
rants.

Bien plus, non seulement les Alsaciens-Lorrains d'origine, mais même les Français de l'intérieur, même les étrangers, sont astreints à la
formalité du passeport lorsqu'ils veulent franchir la frontière, tandis que les Allemands qui
la franchissent pour se rendre en France ne
sont soumis à aucune formalité, et leur établis-

sement temporaire ou permanent en France ne
peut être soumis, en vertu du traité de Francfort, à aucune condition spéciale.

Les journaux officieux allemands professent
cette théorie qu'il s'agit, en l'espèce, de mesures d'ordre intérieur, qui ne regardent que le
gouvernement de l'empire. C'est là une prétention insoutenable : les mesures de police en
Allemagne ne dépendent que des lois allemandes, sans aucun doute : mais soumettre en territoire allemand des Français à des obligations
que les traités ne permettent pas d'imposer à
d'autres étrangers, et que le traité de Francfort ne permettrait pas d'imposer à des Allemands en France, constitue une véritable violation de ce traité.

Il est donc démontré que nous ne sommes
pas en paix avec l'Allemagne, puisqu'elle viole
le traité de paix qu'elle a signé avec nous.

Dans ces conditions, il semble que le gouvernement français eût été en droit de demander l'exécution intégrale du traité, avant d'envoyer une délégation à Berlin pour élaborer
un acte international.

L'initiative prise par l'empereur Guillaume II

de la conférence de Berlin, alors que la
France et la plupart des autres nations avaient
déjà donné leur adhésion à la conférence de
Berne, a été très habile. D'abord la Russie, qui
persiste dans son isolement, a été froissée de
l'adhésion donnée par la France au projet de
l'empereur allemand. Ensuite, les cajoleries
intéressées dont nos délégués ont été l'objet de
la part de l'empereur et de l'impératrice elle-
même (qui, jusqu'ici, s'était abstenue de tout
acte politique) ont certainement eu pour but
d'exciter la jalousie de la Russie. Peu après,
le nouveau chancelier d'Allemagne notifie à
l'Autriche que les effets de la triple alliance
subsistent, mais qu'il doit être entendu, cependant, que chacun des alliés a certains intérêts particuliers dont les autres ne sont pas
solidaires; allusion directe aux intérêts autrichiens dans les Balkans. C'est ainsi qu'on espère atténuer les griefs de la Russie contre
l'Allemagne, en même temps qu'on affole les
Autrichiens qui redoutent, par-dessus tout,
de se trouver isolés en face des Russes.

D'un autre côté, on annonce avec grand
fracas que l'empereur Guillaume assistera aux

grandes manœuvres de l'armée russe sur les
frontières de Galicie, afin que tout le monde
soit persuadé que la disparition de M. de Bismarck de la scène politique permet un rapprochement entre l'Allemagne et la Russie.

La diplomatie de l'empereur Guillaume se
flatte ainsi d'endormir la vigilance française
par quelques concessions d'amour-propre et
nous convaincre, sinon de duplicité, ou au
moins de légèreté aux yeux de l'empereur de
Russie, pour préparer la restauration de l'alliance des trois empires et isoler de nouveau
la France en Europe. Là où la raideur de Bismarck a échoué, la souplesse du jeune empereur compte bien triompher.

Un voyage que je viens de faire en Allemagne et les renseignements intéressants que j'y
ai recueillis me confirment dans la conviction
que le jeune empereur est un homme très in-
telligent et d'une grande souplesse d'esprit.
Mais ce besoin perpétuel d'agitation et ce souci
constant d'étonner le monde ne sont pas sans
causer de l'anxiété aux amis sincères de la
paix.

Comme son ancêtre Frédéric le Grand, qu'il

affecte d'imiter, il est doué d'un amour-propre et d'une volonté extraordinaires. N'oublions pas que Frédéric II, au début de son règne, flatta outre mesure tous les Français de distinction et que, s'il attira à sa cour Voltaire et les encyclopédistes, ce fut, non pas pour leur demander des leçons, mais pour se rendre favorables ces esprits brillants mais superficiels, qui régentaient alors l'opinion; en d'autres termes, pour conquérir une autorité morale qui lui permît de poursuivre sans encombre ses dessins politiques.

Lorsqu'il eût tiré de Voltaire tout ce qui pouvait lui être utile, il le renvoya comme un laquais. Son but était atteint ; il avait séparé la France de la Russie.

Sans doute, la situation n'est pas identiquement la même. Mais si M. Jules Simon n'est pas Voltaire, il n'en est pas moins un des orateurs et des écrivains les plus écoutés en France, et, en flattant un octogénaire spirituel, Guillaume II nourrissait l'espoir d'avoir ce que nous appelons une « bonne presse ». Avouons qu'elle ne lui a pas manqué.

On ne saurait trop réagir contre des habitudes

aussi fâcheuses. La politique étrangère, qui est
l'étude des grands intérêts de la nation dans le
monde entier, demande à être traitée avec plus
d'attention. Le czar Pierre 1er, Frédéric II et
Franklin ont été, tour à tour, populaires en
France au siècle dernier, et nous nous deman-
dons encore ce que chacune de ces popularités
a rapporté ou plutôt coûté à la France !

Au risque de paraître monotone, nous répé-
terons donc qu'il faut conclure d'abord une alliance avec la Russie. Puis, si l'empereur d'Allemagne, rompant avec la tradition de son
grand-père et celle de M. de Bismarck, se montre disposé à améliorer les relations avec la
France, nous pourrons à loisir et en sécurité
examiner les propositions et tâcher d'en tirer
la plus grande somme d'avantages pour notre
patrie.

Laissons donc de côté toutes les théories
sentimentales, toutes les déclamations, si élo-
quentes qu'elles puissent être, et ne nous péné-
trons que d'une seule doctrine qui consiste à
poursuivre constamment et exclusivement l'intérêt français. Les moyens pourront varier selon le temps et les circonstances, une seule

chose reste constante, la nécessité d'assurer la
sécurité de la patrie.

A ce propos, nous ne saurions trop recom-
mander la lecture d'une brochure récente de
M. de Cyon « la France et la Russie », parue
d'abord en article dans la *Nouvelle Revue* du
15 avril 1890.

L'auteur expose avec force et clarté les conditions d'une alliance franco-russe et fait ressortir les causes qui, depuis si longtemps, ont
fait écarter cette alliance chaque fois qu'elle
paraissait imminente.

En outre, M. de Cyon démontre clairement
quelle illusion dangereuse nourrissent ceux qui,
sur la foi de certains journaux anglais ou allemands, s'imaginent que l'empereur Guillaume
pourrait un jour se décider à la neutralisation
de l'Alsace-Lorraine, pour plaire à la France :
neutralisation qui, d'ailleurs, n'augmenterait
pas notre sécurité ainsi que nous l'avons démontré. Dans mes pérégrinations à travers
l'Allemagne j'ai causé avec des hommes de toute
condition et j'ai été frappé du désir, que tous
manifestaient avec une égale fermeté, de consolider la paix entre la France et l'Allemagne.

Mais dès que je cherchais à approfondir leur
pensée et que j'abordais la question d'Alsace-
Lorraine, il ne s'en est pas trouvé un seul disposé non seulement à accepter le rétablissement de la situation avant 1870, mais même la
neutralisation de l'Alsace-Lorraine. Les plus
libéraux d'entre eux consentaient au besoin à
la rétrocession de Metz et d'une partie de la Lorraine ; mais, en ce qui concerne l'Alsace, j'ai
trouvé les plus pacifiques de mes interlocuteurs
d'une intransigeance absolue. Cet état de l'opinion m'a particulièrement frappé, sans toutefois
m'étonner outre mesure ; car la possession de
l'Alsace est le seul lien véritable entre les États
qui composent l'empire allemand, et sa restitution à la France serait le signal de la disloc-
cation de cet État. L'opinion de tout le peuple
allemand concorde, sur ce point, avec celui des
hommes politiques. Et l'on peut être assuré
que l'empereur d'Allemagne n'hésiterait pas à
faire une guerre qu'il saurait même par avance
désastreuse pour son armée, qu'il s'exposerait
sans hésitation à la perte de plusieurs batailles,
plutôt que de se prêter à la moindre concession en
ce qui concerne l'Alsace et même la Lorraine.

Supposer le contraire, c'est donner la plus grande preuve de présomption, de légèreté et d'ignorance, et je ne suppose pas qu'on puisse jamais rencontrer un homme d'État français qui en soit capable.

Il existe malheureusement une coterie d'hommes politiques, de diplomates même qui, par infatuation, par bêtise ou par un sentiment plus coupable encore, s'efforcent, par leurs amis et leurs journaux, de répandre une pareille opinion dans l'espoir d'égarer le peuple auquel, naturellement, les conceptions diplomatiques échappent complètement.

C'est pourquoi il est nécessaire de la combattre chaque jour afin de répandre la lumière dans le peuple et afin de lui démontrer que, sans l'alliance russe, malgré la reconstitution splendide de l'armée française, nous sommes exposés aux plus grands dangers.

Il faut lui démontrer que cette alliance ne nous est pas seulement commandée pour des intérêts immédiats et pressants, mais qu'elle repose sur une communauté d'intérêts durable, et que la question d'Alsace-Lorraine, si vitale qu'elle soit pour l'avenir de la

10

France, n'est pas seule à motiver cette alliance.

Il importe qu'on saisisse bien que l'avenir de
la France, comme grande puissance, que ses
intérêts commerciaux et, par conséquent, la
richesse nationale qui regarde toutes les classes
de la société, capitalistes et travailleurs, sont
liés à l'influence que nous exerçons dans la
Méditerranée.

Que la flotte anglaise qui domine dans cette
mer de Gibraltar à Suez, qui possède la clef de
tous les passages, qui, par Suez, Aden et Périm,
possède la route des Indes et de tout l'Extrême
Orient, alliée à la flotte italienne construite avec
l'épargne française, que ces deux flottes réunies, dis-je, font courir à notre seule escadre
de la Méditerranée les plus grands dangers.
Que non seulement la Corse, l'Algérie et la
Tunisie sont exposées, mais que nos côtes pro-
vençales, que nos ports, sont en grand péril
de destruction, et que cette destruction se
chiffrerait par une perte de plusieurs milliards.

Si, au contraire, la flotte russe, maîtresse des
détroits, avait accès dans la Méditerranée,
la Méditerranée orientale, malgré la possession
de l'Égypte et de Chypre, ne serait plus livrée

à l'influence et à la domination exclusives de
l'Angleterre, au profit de laquelle nous avons,
en 1854, détruit l'influence russe dans le Levant.

L'union de la France et de la Russie balan-
cera d'une façon plus ou moins complète les
forces maritimes de la quadruple alliance dans
la Méditerranée et constituera une sauvegarde
pour les côtes étendues que nous possédons sur
ses deux rives. En outre, l'occupation de
l'Égypte par l'Angleterre, qui fait déjà perdre à
notre commerce plus de 50 millions par an
et qui nous en fera perdre davantage par la
suite, au lieu d'être indéfinie, sera devenue précaire ; car la France, n'étant plus isolée, ayant
un puissant allié dans le Levant, sera en mesure d'élever la voix et de rappeler sérieusement au cabinet britannique la promesse solennelle, donnée au moment de l'occupation, que
cette occupation ne serait que temporaire.

D'ailleurs, les intérêts anglais sont antagonistes des nôtres dans toutes les parties du
monde et dans toutes les mers. Il n'est pas
un seul point où les intérêts français soient en
rivalité avec ceux de la Russie. L'alliance entre nos deux nations est donc non seulement

utile et naturelle au point de vue européen,
mais encore au point de vue de nos intérêts dans le monde entier, où les Russes trouvent devant eux, absolument comme nous,
l'antagonisme de l'Angleterre. L'adhésion de
l'Angleterre à la triple alliance est donc dans
la nature des choses, puisqu'elle lui assure
toute sécurité dans la politique de rapines
qu'elle ne cesse d'exercer à notre détriment
dans le monde entier. Son intérêt égoïste devait lui conseiller de s'allier à nos ennemis du
continent européen.

Il serait facile, en examinant toutes les causes
de conflit existant entre la France et l'Angleterre, de démontrer que celle-ci n'a pas cessé
un instant — malgré l'effacement de notre politique devant la politique anglaise, depuis cinquante ans — de nous poursuivre partout de
sa jalousie invétérée et toujours inassouvie,
oublieuse des services que nous lui avons rendus, en Crimée, en Chine et ailleurs, et de
nous susciter des ennemis dans le monde
entier.

Or, le rival le plus dangereux de l'Angleterre,
en Asie, c'est-à-dire dans la région du globe où

elle a les plus grands intérêts, c'est précisément la Russie.

Les raisons surabondent donc pour démontrer que nos intérêts les plus sacrés nous commandent l'alliance russe, et on ne peut que déplorer qu'elle ait été retardée jusqu'à ce jour.

Je dis plus : il n'est que temps de la conclure, car un grand danger nous menace ; le plus grand peut-être que nous ayons couru depuis 1870.

On se rappelle que les journaux bismarkiens ont fait, il y a quelques mois, courir le bruit d'un mariage prochain entre le czarewitch et la sœur de Guillaume II. La diplomatie du ci-devant chancelier d'Allemagne avait mis en œuvre toutes les ressources et l'argent des fonds guelfes avait été semé avec profusion dans la presse européenne et dans les milieux politiques où l'on trouve des consciences à acheter pour préparer cet événement capital : la volonté du czar a fait échouer, jusqu'ici, ce projet.

Mais précisément parce que Bismarck a échoué, l'empereur Guillaume II, qui se croit invincible sur tous les terrains, espère réussir

10.

en prenant lui-même en mains cette négocia-
tion délicate.

L'occasion est, d'ailleurs, toute trouvée :
l'empereur se rendra, ainsi que je l'ai dit plus
haut, aux manœuvres de l'armée russe, en août
ou en septembre, sur les frontières de Galicie.
Il se rendra au camp russe avec une suite bril-
lante de rois et de grands ducs allemands, tout
chamarrés d'or, accompagné des généraux prussiens les plus célèbres par leurs victoires, et ce
grand déploiement de pompe impériale ne sera
pas sans frapper — il l'espère du moins —
l'esprit de l'empereur de Russie.

C'est le moment que Guillaume II choisira
certainement pour renouveler les tentatives
d'alliance entre sa sœur et le prince héritier ;
et qui sait, si la France ne bouge pas : si, lassé
de l'instabilité et de l'indécision de la politique
française au dehors, le czar qui, après tout, n'a
à chercher et ne cherche que l'intérêt de la
Russie, ne se laissera pas séduire par ce puissant voisin dont l'alliance lui assure toute liberté d'action en Asie ?

Alors, la France sera définitivement isolée, et
toutes les nations qui nous jalousent, l'Angle-

terre, qui voit ses intérêts balancés par les nôtres
dans la Méditerranée et en Afrique, l'Italie, qui
nous hait et que, seuls, des ignorants et des
dupes peuvent appeler la nation-sœur, l'Allemagne, dont notre abaissement fait toute la
grandeur, toutes les nations de proie compren-
dront que le grand jour des dépouilles opimes
est proche.

Mais non : nous aimons mieux croire que l'ardeur de notre patriotisme nous égare.

Le czar sait, de source certaine, les sentiments d'amitié des Français pour les Russes,
et il apprécie sainement la communauté d'intérêts des deux nations.

Il sait que des attentats ont été préparés à
l'étranger contre lui, et il possède aujourd'hui
les documents qui contiennent la preuve de
l'ingérence de certaine police étrangère dans la
préparation de ces complots; et il sait aussi
que cette police n'est pas la police française
qui, au contraire, a mis récemment la main
sur ces Russes qui abusaient de l'hospitalité
française pour préparer chez nous le régicide
d'un souverain ami.

Nous sommes donc rassurés du côté de la

Russie. Nous le sommes aussi du côté de la France, et nous avons trop de confiance dans la clairvoyance et dans le patriotisme du gouvernement pour ne pas croire qu'il a déjà fait tout ce qui dépend de lui pour conclure enfin l'alliance avec la Russie (1).

(1) Au moment de la correction des épreuves des pages qui précèdent, le télégraphe nous apporte les nouvelles relatives à la réception de l'empereur allemand par le czar, et ces nouvelles sont rassurantes pour notre patriotisme.

En effet, la dépêche suivante, qui n'a pas été démentie, est adressée de Saint-Pétersbourg aux agences télégraphiques : « Dans les entrevues avec M. de Giers, le général Caprivi a beaucoup parlé de la Bulgarie et du prince Ferdinand. M. de Giers a répondu que la Bulgarie n'était pas pour le czar une question de personnes, mais un mal chronique contre lequel l'Allemagne ne pouvait offrir de remède. M. de Giers s'est montré hostile en principe à toute espèce d'idée de conférence, la Russie n'ayant pas à se louer du congrès de Berlin, dont les stipulations ont été sans cesse violées...»

Ajoutons que des indices nombreux témoignent du rapprochement de plus en plus intime avec la Russie, au point qu'il ne paraît plus qu'il y ait beaucoup d'efforts à faire pour décider les gouvernements de France et de Russie à sceller l'alliance entre les deux nations par un traité formel.

CHAPITRE IX

M. Thiers a dit autrefois : « l'Italie n'est pas une nation, mais une expression géographique. » Cette locution s'applique avec plus d'exactitude à l'Autriche-Hongrie, agglomération de plusieurs races d'Allemands : Slaves et Magyars, qui occupent le cours moyen du Danube et les contrées avoisinantes.

Vienne, la capitale de l'empire, est située au pied des derniers contreforts des Alpes. Elle fut fondée par les Gaulois Boïens, lors du reflux des populations gauloises, en marche vers l'Orient où elles ont établi plusieurs États.

Les Romains s'y installèrent par la suite et c'est une population gallo-romaine qui porta les premiers éléments de civilisation dans ce pays qui devint, sous Charlemagne, le duché d'Autriche. Et lorsque des savants d'outre-Rhin soutiennent que les Allemands furent les civilisateurs de l'Autriche, ils falsifient sciemment l'histoire. L'Autriche fut le premier noyau de l'empire d'Allemagne, qui a été définitivement détruit par Napoléon, et c'est depuis cette époque que l'empereur de Vienne a pris le nom d'empereur d'Autriche et, depuis 1866, d'Autriche-Hongrie.

Nous nous bornerons à rappeler que les besoins d'une défense commune contre les Turcs ottomans groupa autour de l'empire les Tchèques, les Slavènes, les Croates, de race slave, et les Magyars, après la décadence de l'éphémère empire hongrois fondé par Arpad.

Rappelons encore le contre-coup terrible que subit l'Autriche de la Révolution du 24 février 1848, où l'insurrection de la Hongrie ne fut vaincue qu'avec le secours des armées russes et avec le concours loyal des Tchèques, des Croates et des Roumains de Transylvanie, restés fidèles à l'empire.

À la suite de ces événements, l'empereur d'Autriche, désireux de rendre la paix à ses sujets, signa, le 4 mars 1849, la constitution d'Olmutz qui laissait aux différentes nationalités

leur autonomie. Mais cette constitution resta
lettre morte à cause des intrigues du parti allemand et elle fut retirée en 1851.

Cette trahison affecta particulièrement les
Slaves qui, dans les sombres jours de 1848,
étaient restés fidèles à l'empire, et le mécontentement des populations s'en accrut. La
guerre de Crimée, à laquelle l'Autriche avait
assisté l'arme au pied et où elle avait « étonné le
monde par son ingratitude » envers la Russie,
qui l'avait sauvée cinq ans auparavant, fut le
signal d'une nouvelle fermentation des germes
de conflit latents depuis longtemps, et la défaite des armées autrichiennes en 1859 ne con-
tribua pas peu à agiter l'opinion et à développer
des rivalités entre des races qui n'avaient jamais pu se souder en un corps de nation, et
pour lesquelles un régime unitaire était d'autant plus insupportable qu'il ne subsistait que
par l'hégémonie de la race allemande qui n'a
même pas la prépondérance numérique dans
l'empire. C'est sous la pression de ces événements que fut rédigée la constitution de 1861.
Mais le premier ministre, M. de Schmerling,
avait dépensé tout son talent à la rendre im-

praticable et à asservir encore une fois les
Tchèques de Bohême aux Allemands, qui y sont
en petite minorité.

Les Magyars aussi se déclarèrent peu satisfaits : une constitution unitaire où Slavènes,
Croates, Roumains et autres populations de la
Hongrie, où ils sont eux-mêmes en minorité,
seraient traités sur le pied d'égalité, ne pouvant
satisfaire cette race ambitieuse et imbue de
principes de domination. Ils n'ont jamais pu
supporter d'être assimilés aux autres nationalités de l'empire. Dominés par une aristocratie
terrienne, fondée sur la violence et la rapine,
ils n'ont jamais eu de véritable patriotisme autrichien et n'ont cessé d'être hantés par le rêve
d'un empire magyar comme celui que leurs féro-
ces ancêtres avaient un instant espéré et même
failli réaliser.

Las d'être toujours victimes de leur loya-
lisme et de leur dévouement, les Tchèques,
sous la conduite de M. Rieger, le gendre du
célèbre patriote Franz Palasky, quittèrent la
diète de Prague en 1864 : leur éternel désidé-
ratum a été et restera une constitution fédérative sous le drapeau jaune et noir auquel, pen-

dant tant de siècles, ils n'avaient cessé d'être fidèles, tandis que l'histoire des Hongrois est pleine de leurs trahisons envers le drapeau national.

Tout à coup, en 1866, éclata le désastre de Sadowa qui, sans la médiation amicale de la France, eût entraîné la dislocation de l'Autriche et sa fin comme grande nation. Le traître Klapka, à la tête d'une légion hongroise, avait fait le coup de feu avec les Allemands, et ce sont cependant ses compatriotes qui ont, jusqu'à ce jour, bénéficié de tous les malheurs de la patrie commune : et Klapka a fini sa vie honoré comme l'eût fait un sauveur de la patrie.

M. de Beust, premier ministre à Dresde, avait, dès le début des hostilités, transporté le contingent saxon en Bohême pour combattre avec l'armée autrichienne.

L'empereur François-Joseph lui confia le pouvoir après la paix, et c'est lui qui fut chargé de relever l'empire de ses ruines.

Accueillant pour tout le monde, il s'attacha surtout à contenter ces insatiables Magyars. C'est ainsi que fut inauguré le système dualiste

11

qui subsiste encore à l'heure qu'il est, — pour
combien de temps ? — et qui conduit l'Autriche à sa ruine. La constitution de 1867, préparée
avec la collaboration du célèbre agitateur hongrois Deak, divisait l'empire en deux portions :
Cisleithanie et Transleithanie, du nom du petit
affluent du Danube qui leur sert de limite commune.

Les Hongrois avaient, enfin, réalisé leur rêve :
ils avaient un parlement à Pesth et exerçaient
leur domination sur les populations slaves et
roumaines, par rapport auxquelles ils sont une
minorité.

Le 8 juin 1867, l'empereur François-Joseph
se laissa couronner roi de Hongrie à Pesth.

Les Tchèques, éternellement fidèles et éternellement trompés, s'abstinrent, en 1868, de siéger à la diète de Bohême et d'envoyer des délégués au Reichsrath de Vienne.

Ils prirent ensuite dans un « tabor » une résolution commune où ils réclamèrent à nouveau
un parlement de Bohême et le régime fédératif,
sans distinction de nationalité.

Pendant ce temps, au parlement cisleithan,
les Allemands — une autre minorité, comme

les Magyars — se plaignaient d'être opprimés.
La polémique entre les nationalités allemande et
slave devint de plus en plus violente. Les premiers, conspirant ouvertement avec Bismarck,
et les Tchèques, en guise de représailles, agitant,
pour la première fois, le drapeau du panslavisme : le désordre moral était arrivé à son
comble.

Quant aux cinq millions de Magyars qui
oppriment plus de dix millions de Slaves et de
Roumains, ils devinrent de plus en plus arro-
gants et ne parlaient pas moins que de faire de la
Hongrie un royaume indépendant. Par les hon-
weds, ils pensèrent avoir une armée toute à eux
pendant qu'ils ne cessaient de tourner leurs
regards vers Berlin, où ils conspiraient la dislocation de la monarchie autrichienne.

M. de Beust, en équilibriste habile, penchait
vers les Slaves quand les Hongrois pesaient
d'un poids trop lourd sur le gouvernement. Sur
ces entrefaites, éclata la guerre de 1870.

Les Hongrois empêchèrent l'empereur et
M. de Beust de venir au secours de la France,
et le parlement de Pesth vota une déclaration
de neutralité.

Seuls, les Croates et les Tchèques, les Slaves,
par conséquent, se déclarèrent en notre faveur,
et notre ministre plénipotentiaire à Prague,
M. Lefaivre, obtenait de la diète un vote favorable à l'alliance française.

Voilà pourquoi nous comprenons peu la popularité dont les Magyars ont longtemps bénéficié en France (sans doute parce qu'ils ont les
moustaches cirées à la pommade hongroise et
un costume pittoresque), eux qui n'ont jamais
évité l'occasion de faire du mal à la France,
tandis qu'elle est par trop indifférente aux événements qui intéressent les Slaves d'Autriche,
aux Tchèques notamment, dont l'amitié pour
la France date de plusieurs siècles et ne s'est
jamais démentie.

En 1871, l'empereur François-Joseph allait
enfin donner aux Tchèques une constitution,
que leur diète avait préalablement acceptée
avec enthousiasme, lorsque M. de Beust, qui
s'était détourné d'eux, la fit échouer en la sou-
mettant au conseil de l'empire composé de ses
créatures. Ajoutons que l'intervention active de
M. de Bismarck ne fut pas étrangère à cet
événement, sa tendance constante étant de

pousser à la germanisation de la Bohême dans le but de l'annexer un jour à l'empire allemand.

La Bohême fut mise en état de siège et livrée à la banque allemande pour déplacer la majorité dans la diète par l'achat de biens fonds dont la possession assurait les sièges à la diète.

Le Magyar Andrassy, devenu ministre d'État, annexa les confins militaires à la Hongrie après avoir dissous les vieilles colonies militaires composées de Serbes et de Roumains, qui avaient été si longtemps le boulevard de l'empire.

La langue hongroise devint la langue officielle obligatoire ; on l'imposa dans les écoles primaires et les noms slaves ou roumains des villages furent tranformés en noms magyars. M. de Bismarck avait trouvé dans cette œuvre perfide et despotique un auxiliaire précieux dans la personne de M. Tisza, premier ministre de la couronne hongroise. Cependant, l'annexion de la Bosnie et de l'Herzégovine, peuplées de deux millions d'habitants, exaspéra les Hongrois dont l'importance numérique était réduite proportionnellement à l'accroissement de la population slave : M. Andrassy dut quitter le pouvoir.

C'est le comte de Taaffe qui devint premier ministre après un court interrègne de M. de Hohenwart, l'auteur de la constitution de 1871. M. Taaffe se distingue par un esprit souple et conciliant : les Tchèques, habilement cajolés, firent leur rentrée au parlement, à l'instigation d'un nouveau parti, les jeunes-Tchèques, dirigés par Jules Gregr. Ce parti comprit que le temps était passé de laisser le champ libre aux Allemands et aux Magyars et que la position académique du vieux Rieger, chef des vieux-Tchèques était devenue bien anodine. Mais dans cet événement il faut voir plus qu'une question de tactique : la clientèle de M. Rieger se composait principalement de la haute bourgeoisie et de la noblesse, classes qui ne tiennent pas trop à s'aliéner les faveurs du pouvoir et qui sont plus ou moins germanisées. Avec les jeunes-Tchèques, c'est l'élément démocratique et purement slave qui entre en ligne. Leur ardeur belliqueuse et l'énergie de leurs revendications en fait aujourd'hui les véritables représentants de la nation tchèque dont les vieux-Tchèques n'ont plus la confiance.

Les événements récents ont jeté une vive lu-

mière sur cette situation. Rappelons-les en peu
de mots.

M. de Plener, le chef du parti allemand au
parlement cisleithan, ne cessait d'accuser
M. Taaffe de partialité envers les Tchèques : la
prétention de son parti, en minorité en Cisleithanie, comme les Magyars le sont en Transleithanie, étant de dominer la majorité. M. de
Taaffe, dont la position est difficile, au milieu
de ce conflit de nationalités, consentit alors à
une conférence, convoquée par l'empereur lui-
même entre les représentants du parti allemand
de Bohême, qui, depuis 1886, avaient cessé de
siéger à la diète, et le parti vieux-Tchèque ; les
jeunes-Tchèques, qui représentent la majorité de
la population, n'avaient pas été convoqués. Le
compromis, comme on le pense bien, sacrifia
les droits des Tchèques au profit des Allemands.
M. Rieger, qui ne sait pas résister aux avances
de l'aristocratie et de la cour, a fourni ainsi la
meilleure preuve de l'affaiblissement de ses
facultés, et feu Palasky serait bien étonné de
voir son gendre en cette posture.

Les jeunes-Tchèques protestèrent dans une
proclamation énergique contre l'exclusion dont

ils avaient été l'objet et contre l'abandon des
revendications de leur nation : le manifeste fut
saisi. Le parti germanique de Vienne exultait
et les persécutions contre les Tchèques recom-
mencèrent à l'instigation de la presse reptilienne
aux ordres de M. de Bismarck quand, tout à
coup, le chancelier d'Allemagne perdit le pouvoir : on fut atterré dans le camp gouvernemental. Tandis que, par une volte-face habile,
M. de Plener se fit le protecteur des Tchèques
contre les excès de ses amis. De telle sorte que
ce pauvre Taaffe, abandonné de Plener, qui lui
avait fait faire quelques jours auparavant ce
pas de clerc de la conférence, abandonné des
Tchèques qui lui reprochent ce qu'ils appellent
sa trahison, ne sait plus à quel saint se vouer
et, quoique encore premier ministre, n'est plus
que le protégé de son ancien adversaire. M. de
Plener vient de s'acquérir par cette habile volte-
face tous les titres à sa succession. Il avait
compris que M. de Reuss, l'ambassadeur de
M. de Bismarck à Vienne et l'inspirateur direct
de la « Neue freie Presse » et des autres journaux reptiliens, cessait d'être *persona grata* à
Berlin et avait du coup dressé ses batteries en

conséquence : cette manœuvre fait honneur à
sa clairvoyance.

Pendant deux siècles, les Tchèques, opprimés
par les Allemands, leur territoire étant constamment envahi par des colonies allemandes,
avaient cessé d'exister politiquement. Il y a
juste un siècle, l'empereur Joseph II, en enlevant
l'autonomie à toutes les nationalités de l'empire
et en créant la centralisation germanique, avait
profondément blessé leur sentiment national.
Ils se réveillèrent alors de leur torpeur, et c'est
de cette époque que date leur opposition.

Actuellement sur vingt-deux millions d'habitants que contient la Cisleithanie, les Allemands
ne comptent que neuf millions. Ils n'en ont
pas moins la prétention de dominer exclusivement. L'allemand est l'idiome officiel et
ils voudraient l'imposer aux Tchèques. Ces
prétentions se sont surtout accrues depuis les
victoires de l'Allemagne. Comme les Prussiens ils ne parlent que de culture allemande,
de la supériorité intellectuelle des Allemands,
auxquels l'Autriche doit sa civilisation.

Nous avons déjà fait justice de cette prétention. Ils oublient, d'ailleurs, qu'au xive et au

xvᵉ siècle les Tchèques ne battaient pas seulement les Allemands dans toutes les rencontres,
et qu'à cette époque l'Université de Prague, la
plus vieille d'Europe après celle de Paris,
brillait déjà d'un vif éclat quand il n'était pas
encore question des universités allemandes.

L'honnêteté et la vertu allemandes ont été,
après 1870, le thème constant des déclamations
des officieux de Vienne comme de ceux de Berlin. On sait aujourd'hui combien il faut en rabattre. La vieille vertu allemande est très loin,
et lorsqu'on connaît l'Allemagne on est frappé
de la profonde démoralisation qui y atteint le
peuple, la bourgeoisie et la noblesse. La conta-
gion a même atteint l'armée où la débauche
fait des ravages inouïs. C'est en cela que les
rescrits de l'empereur Guillaume sur le luxe
dans l'armée, malgré les réticences officielles,
sont absolument topiques. L'armée allemande
actuelle est corrompue et l'armée autrichienne,
quoique moins atteinte, marche sur ses traces.
Les voilà, ces vertueux Allemands qui n'ont cessé
d'insulter les vaincus de 1870 et de prêcher partout la démoralisation française ! Que l'on com-
pare aujourd'hui leur armée et la nôtre, et si la

vertu procure la victoire, nous sommes sans inquiétude pour l'avenir de l'armée française. Les Tchèques sont un centre d'attraction pour les Slovaques, leurs frères slaves de la Cisleithanie, et c'est pour cela qu'ils sont détestés des Hongrois qui ne cessent de protester à Vienne contre toute tentative de conciliation avec ces populations. Les Magyars, non contents de terroriser les Slaves et les Roumains chez eux, ont déjà la prétention de faire la loi à la Cisleithanie et, pour y arriver, ils ne craignent pas de s'allier aux Prussiens, les éternels ennemis de l'Autriche, pour arriver à la dislocation de l'empire.

Commes les Tchèques, les Slovaques, qui parlent un idiome très voisin du leur, après avoir subi quatre siècles d'asservissement, ont repris conscience de leur nationalité et se sont relevés par la culture littéraire.

Il en est de même des Serbo-Croates, qui habitent entre la Drave et la Save. Ceux-là sont les plus opprimés de tous. A force de les terroriser, les Magyars ont réussi à faire nommer à Agram une diète antinationale qui sanctionne toutes les mesures d'oppression.

Les Slaves sont exclus de toutes les fonctions,
la langue est traquée, la religion même n'est
pas libre, et au lieu de nommer primat d'Agram
l'évêque populaire des Slaves, M. de Strossmayer,
c'est une créature de Bismarck et du nonce
Galimberti, un ancien rebelle qui a pris sa place.
Les journaux slaves sont poursuivis et, dans
les élections, l'administration terrorise les électeurs par les moyens les plus odieux.

Il nous reste à dire quelques mots de la Galicie. Cette province contient trois millions de
Polonais et deux millions et demi de Ruthènes.
Ces derniers, anciens serfs, sont dominés par
l'aristocratie polonaise ; et les Polonais obtien-
nent presque tous les sièges au Reichsrath où
ils forment un groupe important de quarante à
cinquante députés. Cette situation leur permet
de faire pencher la balance du côté qu'ils veulent
et de tenir le sort du gouvernement dans leurs
mains. Ils sont avec ou contre les Tchèques,
selon leur intérêt du moment.

Mais leur but avoué est la reconstitution de
l'ancien royaume de Pologne, pendant que les
Ruthènes, qu'ils oppriment, se tournent du côté
des Russes qui sont de même race qu'eux. Mais

pour réaliser le rêve des Polonais, il faut une
guerre entre la Russie et l'Autriche. Aussi,
cédant à des suggestions venues de Berlin,
sont-ils fréquemment les alliés des Hongrois et
tendent, comme eux, à la dissolution de l'empire.

Tels sont les malheureux effets du dualisme.

Les Magyars, non seulement ruinent l'État
politiquement, ils le ruinent encore financière-
ment par une administration scandaleuse où le
favoritisme met le trésor au pillage : la dette de
la Hongrie est de 6 milliards de francs, et le
déficit va croissant tous les ans. Aussi, pour se
tirer d'affaire, n'ont-ils pas hésité à demander
des ressources à l'accroissement de l'impôt sur
l'alcool. Mais cet impôt ne peut être voté que par
le Reichstag. Or, son adoption aurait pour conséquence la ruine immédiate des distilleries si
nombreuses en Bohême au profit de la distillerie
allemande. On comprend, dès lors, les embarras de M. de Taaffe.

Rien ne fait mieux ressortir le gaspillage
éhonté des finances de la Hongrie que le seul
fait que les dépenses d'empire sont supportées,
pour les soixante-dix centièmes, par la Cislei-

thanie. Mais les Magyars ne se contentent pas
de multiplier les fonctionnaires en pays slave
et roumain pour en magyariser les populations;
mais ils veulent avoir une armée à eux et rêvent
de faire des hommes qu'ils choient d'une façon
inouïe une armée complètement indépendante.

En un mot ils sont exclusivement Hongrois,
et le patriotisme autrichien ne les touche que
lorsqu'il s'agit de faire la guerre aux Slaves.

Telle est la situation de ce malheureux État
autrichien, tiraillé entre des nationalités diverses et où les castes politiques oublient le patriotisme pour ne suivre que leur intérêt et
leurs convoitises.

Cependant la population allemande est attachée au drapeau jaune et noir, mais les classes
dirigeantes de cette race n'aspirent qu'à la domination sur les autres nationalités. Les politiciens magyars et allemands s'accordent pour
prendre leur mot d'ordre à Berlin et préparent
ainsi la ruine de la monarchie.

La conduite des Allemands est encore expli-
cable — patriotisme à part — puisqu'en cas de
dissolution de l'empire, ils seraient rattachés à
la grande puissance germanique dominée par les

Prussiens. Mais celle des Magyars est tout simplement insensée. Si l'Autriche vient à se disloquer, tandis que les Allemands se grouperont à
la nation germanique, les Slaves s'uniront
aux autres races slaves, en confédération ou
en état unitaire, peu importe, et reformeront la
Grande Serbie. Bohèmes, Slavènes, Croates,
Dalmates, Bosniens, Herzégoviens Montené-
grins et Serbes, sans compter tous les Slaves de
la péninsule des Balkans, formeront une agglomération de plus de vingt millions d'habitants
s'appuyant sur la Russie, et la poignée de cinq
millions de Magyars se trouvera complètement
noyée au milieu des flots de Germains d'un côté
et de Slaves de l'autre.

S'ils se laissaient guider, non seulement par
l'esprit de justice, mais encore par leur intérêt
bien entendu, ils s'empresseraient de consentir
à l'établissement d'une Autriche fédérative où
chaque nationalité aurait son autonomie, sans
qu'aucune fût en mesure d'opprimer les autres.

Alors, cette nation, dont l'existence intéresse
essentiellement l'équilibre européen, aurait encore un bel avenir de prospérité. La situation

géographique de l'Autriche explique suffisamment la juxtaposition de peuplades de races diverses, entre les Carpathes et les Alpes, et la longue existence de cet État est la meilleure preuve de son utilité.

Tandis que, l'Autriche disparue, il n'existera plus aucune barrière entre les Germains et les Slaves et alors, fatalement, commencera une ère de luttes terribles entre les deux races, qui ne se terminera que par la fin de l'une ou de l'autre, et il y a fort à parier que c'est la race slave, dont la force numérique est prépondérante, qui finira par l'emporter.

Les Allemands sont donc eux-mêmes intéressés à l'existence de l'Autriche, et la politique de Bismarck qui consistait à exciter constamment les Autrichiens contre les Russes n'était qu'une politique à courte vue et dangereuse pour sa propre patrie.

Cette politique sera-t-elle continuée par son successeur, ou plutôt par Guillaume II, qui veut être son propre chancelier, suivant une expression qui a cours ? C'est ce qu'il est difficile de préjuger encore.

L'intérêt du gouvernement autrichien est

donc de cesser de prendre le mot d'ordre à
Berlin et de guider la politique dans la voie de
la conciliation en donnant aux différentes nationalités leur autonomie, ce qui sera le moyen
le plus propre à les grouper autour du drapeau
impérial ; ensuite de renoncer aux velléités de
conquête en Orient, dont ne peuvent sortir que
des révolutions et la guerre ; enfin de vivre en
bons termes avec la Russie avec laquelle l'Autriche n'est nulle part en conflits d'intérêts économiques.

En effet, l'Autriche a deux grandes voies
commerciales vers l'Orient : le Danube et le
chemin de fer de Salonique. Ce dernier est,
depuis Belgrade jusqu'à la mer, entre les
mains des Serbes et des Turcs qui auraient tout
intérêt à favoriser le commerce avec l'Autriche-Hongrie si les Hongrois eux-mêmes n'y
mettaient obstacle. En quoi le commerce de
l'Autriche serait plus favorisé qu'il n'est aujour-
d'hui, si cette puissance était installée à Salonique.

Quant à la voie danubienne, elle est placée,
depuis les portes de fer jusqu'à l'embouchure
du fleuve, sous la souveraineté d'une commis-

sion européenne qui a un caractère international et qui est présidée par un Autrichien. L'Autriche y commerce en toute sécurité. En sera-
t-il de même après les conflits terribles vers lesquels l'Allemagne ne cesse de la pousser ?

Non, le *statu quo* territorial est tout à l'avantage des intérêts autrichiens ; tout ce qui peut
être tenté au delà n'est qu'aventure et folie.
Le jour même où la Russie posséderait les détroits, le régime commercial de l'Autriche n'en
subirait aucune dépréciation, et c'est à la flotte
anglaise seule qu'une flotte russe dans la Méditerranée orientale peut porter ombrage.

Bien au contraire, la réconciliation avec la
Russie consoliderait la paix dans les principautés balkaniques, dont la vie économique rece-
vrait une impulsion extraordinaire tout au profit
des échanges qui pourraient se faire entre ces
régions et les pays de la monarchie autrichienne. C'est la crainte seule de la Russie,
contre laquelle la perfidie de la politique prussienne ne cesse d'exciter l'Autriche, qui entre-
tient le trouble et la confusion dans les pays
danubiens et balkaniques ; mais que l'Autriche prenne garde : à force de provoquer le

spectre russe, elle finira par l'évoquer et transformer ce spectre en une réalité vivante, singulièrement redoutable.

Mais l'Autriche a cessé d'être dirigée. Le triste François-Joseph, dont le règne n'est qu'une longue suite de malheurs et qui, affaibli d'esprit, laisse aller à la dérive la politique nationale, n'est plus capable de donner à son pays une orientation nouvelle ; il faut qu'elle lui vienne d'autre part, et elle ne peut lui venir que de la France.

Seulement la France, seule, est impuissante. Mais le jour où elle sera alliée à la Russie, les velléités conquérantes des Magyars s'évanouiront et, alors, la France pourra jouer facilement le rôle de médiatrice entre la Russie et l'Autriche. L'Autriche pourra alors se retrouver, et la paix de l'Europe sera assurée. Tant que l'alliance franco-russe ne sera pas consommée, il est à craindre que toute tentative pour concilier la Russie avec l'Autriche ne soit vaine, car celle-ci est rivée à l'Allemagne par la peur de l'isolement et ne sera rassurée que le jour où elle trouvera dans un nouveau groupement des puissances la sécurité qui lui fait défaut.

CHAPITRE X

L'ITALIE.

L'Italie est unifiée depuis 1860 ; cependant l'unité n'est complète que depuis 1870, où les troupes de Victor-Emmanuel sont entrées à Rome sans coup férir, sans combat, aussitôt après le départ du corps expéditionnaire français rappelé en France pour défendre le sol natal.

Les Italiens sont aussi fiers de cet exploit que s'ils avaient gagné une grande bataille. « Italia fara da se », avait répondu Charles-Albert à Lamartine lorsque, chargé de la direction des affaires étrangères dans le gouvernement provisoire de 1848, il lui avait offert le secours de cinquante mille soldats français massés au pied des Alpes pour repousser les Autrichiens.

Et, en effet, du moment qu'ils sont entrés à Rome sans le secours d'autrui, il a semblé aux

Italiens qu'ils avaient conquis leur capitale aux portes de laquelle ils campaient depuis dix ans et dont l'accès leur était interdit par le petit corps expéditionnaire français.

Cette situation leur avait paru extrêmement humiliante, et c'est à cette époque qu'ils se nourrirent de sentiments de haine contre la France qui, après avoir commencé leur délivrance, ne l'avait pas achevée.

L'erreur capitale de Napoléon III a été d'ouvrir aux ambitions italiennes un champ illimité sans les satisfaire complètement : en les maintenant aux portes de Rome, c'est lui qui devenait le seul obstacle à la véritable unité italienne, puisque les Autrichiens ne comptaient plus, et le sang français versé sur les champs de bataille de Lombardie avait été un sacrifice stérile.

Thiers disait en 1859 : l'unité italienne engendrera l'unité allemande et, malheureusement pour nous, l'une s'est faite au détriment de notre influence, l'autre au détriment de notre territoire : jamais prophétie ne s'est vérifiée avec une plus grande exactitude et dans un délai que Thiers même n'eût point soupçonné.

L'Italie est donc notre ennemie depuis 1860 et, depuis cette époque, la gallophobie a sa place marquée dans son enseignement public. La haine des Français et de la France y est enseignée dans les écoles, depuis cette époque, avec la même persévérance que dans les écoles allemandes depuis Iéna, et nous sommes si peu renseignés sur ce qui se passe au delà de nos frontières que nous l'ignorions jusque dans ces dernières années, et qu'actuellement encore fort peu de Français sont bien renseignés là-dessus.

La conquête de la Tunisie par la France a pu raviver cette haine dans les milieux politiques. La diplomatie italienne a gardé un cuisant souvenir de la déception qu'elle a éprouvée au congrès de Berlin, où elle prétend avoir été jouée par la France, et l'incident tunisien, exploité par les hommes politiques comme le produit de la duplicité française, a suffi pour donner une nouvelle impulsion à la gallophobie dont nous avons indiqué la source d'une manière précise.

Le roi Humbert a été élevé dans des senti-ments allemands, nos hommes d'État ne devaient

pas l'ignorer, et rien n'est plus incompréhen-
sible que l'étonnement du public lorsque les
Italiens nous donnèrent des preuves manifestes
de leurs sentiments d'hostilité.

Ces sentiments, ils les avaient cachés aussi
longtemps que possible afin de soutirer à l'é-
pargne française les deux milliards nécessaires
à la constitution de leur armée, de leur flotte et
des chemins de fer stratégiques dont le territoire
de l'Italie était totalement dépourvu. Ils n'ont
jeté le masque que du jour où, entrés dans la
triple alliance, ils ont pensé que leur hostilité
était sans danger. Au contraire, rien n'a été
plus propre à exciter l'animosité du peuple italien contre nous que les impertinences qui sor-
taient de la bouche de leurs hommes d'État, et
cette nation, gâtée par la fortune, semblait
alléchée tout entière par l'espoir d'une curée
de milliards à laquelle elle prendrait part en
envahissant la France.

Un de nos plus graves travers nationaux est
celui qui consiste à croire que tout le monde
nous adore à l'étranger. Or, l'homme qui a
voyagé dans les différents pays d'Europe, et qui
y a suffisamment séjourné pour entrer en com-

munication avec les indigènes, sait qu'il en
faut fortement rabattre.

La vérité est que la France est admirée, dans
une certaine mesure, pour sa richesse et l'éclat
de son génie, mais qu'elle est surtout jalousée,
et que la turbulence de sa politique pendant les
deux derniers siècles, ainsi que les invasions
des troupes françaises dans tous les États du
continent, ont laissé, dans beaucoup de pays, des
sentiments de haine qui ont été masqués par la
crainte pendant notre prospérité et qui, après
nos défaites, se sont pleinement donné carrière.

Un fait digne d'attention, c'est que les
pays où l'on aime les Français sont précisément
ceux qui ont été pendant de longues périodes
les alliés de la France : tels que la Suisse, le
Danemark, l'Écosse et la Bohême. Enfin, les
Français sont généralement bien vus en Espagne, malgré les souvenirs de l'invasion de 1810;
mais cette sympathie, toute moderne, me paraît
provenir en grande partie des communications
constantes qui résultent du commerce entre
les deux nations. D'ailleurs, l'Espagne ne communique avec le continent que par la frontière
française et, de plus, un nombre considérable

12

de Français réside en Espagne, où ils ont porté
leurs capitaux, soit pour installer des manufactures, des usines ou des chemins de fer, soit
pour y exploiter les richesses du sol. Les Français ont ainsi puissamment aidé à la prospérité
de l'Espagne dans le dernier quart de siècle et
les Espagnols leur en ont gardé une réelle
reconnaissance.

Ajoutons que la race espagnole est animée
de sentiments nobles et chevaleresques et que,
tandis que les Italiens se sont jetés avec enthousiasme dans les bras de nos vainqueurs, les
Espagnols seuls, ou presque seuls, ont gardé
vis-à-vis des Allemands enorgueillis par leur
victoire une attitude fière et digne qui s'est tra-
duite par des sentiments non équivoques de
bienveillance à notre égard.

Il y a sans doute en Italie des esprits d'élite
qui déplorent l'inimitié qui existe entre leur nation et la nôtre, et principalement en Lombardie, où des milliers de Français ont sacrifié leur
vie pour la liberté de l'Italie. Pour ceux-là, les
Tedeschi, les oppresseurs d'hier, ne seront
jamais de véritables amis. Malheureusement, ce
serait se faire une étrange illusion de croire

que la majorité du peuple italien arrive jamais
à partager ces sentiments, qui sont et resteront
ceux d'une petite minorité.

Si, dans les milieux démocratiques, où l'irritation contre le gouvernement de M. Crispi
s'est développée dans ces derniers temps, en
raison des progrès de la misère que sa politique
insensée a déchaînée sur le pays, l'amitié pour
la France a paru gagner en intensité, il ne faut
pas oublier que c'est là un sentiment superfi-
ciel et dont l'expression a paru un mode d'opposition fort naturel contre le premier ministre,
naguère le représentant officiel et applaudi de
la gallophobie de la majorité des Italiens.

Les sympathies et les antipathies nationales
dérivent des intérêts concordants ou discor-
dants.

L'unification de l'Italie a certainement donné
une grande impulsion à l'activité nationale, et la
rapidité même avec laquelle elle s'est constituée
ainsi que la médiocrité des sacrifices qu'elle a
coûtés à la nation ont été les causes immédiates
de la mégalomanie qui s'est subitement emparée
de toute la nation.

L'Italie était pauvre, elle a ambitionné la richesse ; et la jeune génération s'est précipitée dans les grandes spéculations industrielles et commerciales qui devaient rapidement mettre le pays au niveau des grandes nations.

La difficulté était de créer des débouchés au commerce italien.

Le percement du Saint-Gothard a mis l'Italie en communication directe avec l'Allemagne et développé les relations commerciales entre les nations, mais, surtout, au profit de la dernière.

Aucun pays d'Europe n'est plus rapproché du continent africain que l'Italie, et la Tunisie lui rappelle que c'est par Carthage que Rome commença la conquête de l'Afrique. Carthage, qui avait conquis la péninsule ibérique dont le commerce faisait la principale richesse, et qui s'était ainsi attiré la jalousie des Romains : la soumission de Carthage leur donna l'Espagne.

C'est sous l'inspiration de ces souvenirs historiques que le gouvernement italien ne cessait de favoriser l'établissement de ses émigrants à Tunis, à quelques kilomètres de l'ancienne Carthage, et c'est pourquoi aussi la conquête de la Tunisie par la France lui causa un grand désappointement.

L'Italie jeta alors ses regards vers l'Orient : là encore elle trouva la France devant elle. L'Égypte moderne est principalement l'œuvre de la France, et la riche colonie autour de laquelle d'autres colonies européennes commençaient à se grouper était devenue pour la mère patrie une source d'importants profits commerciaux.

Mais l'Angleterre aussi avait déjà pris pied en Égypte, et par la possession des points stratégiques de la route des Indes, de Gibraltar à Aden, par son immense commerce avec les Indes rapidement accru depuis le percement de l'isthme de Suez, elle était destinée à prendre en Égypte une position de plus en plus dominante.

L'Italie trouvait donc devant elle deux rivaux puissants, et il semble qu'elle pouvait hésiter avant de choisir celui auquel elle s'allierait pour évincer l'autre. Le plus redoutable des deux était certainement l'Angleterre, dont les ressources commerciales et l'esprit d'entreprise ne craignent aucune rivalité : cette raison a pu

12.

paraître suffisante aux Italiens pour s'allier aux Anglais. Les raisons politiques que nous avons indiquées ne pouvaient que la fortifier.

D'autre part, la vieille jalousie de l'Angleterre contre la France n'est pas éteinte, et depuis plus d'un quart de siècle elle ne cesse de lui susciter la rivalité de l'Italie qu'elle redoute moins pour elle-même que celle de la France dont les possessions coloniales sont juxtaposées aux siennes dans le monde entier.

C'est ainsi que l'Angleterre était complètement d'accord avec l'Italie pour la conquête de l'Égypte en faisant miroiter aux yeux du gouvernement de Rome la conquête d'un empire érythréen et peut-être le partage du Soudan oriental et méridional.

Du même coup elle éloignait de l'Abyssinie l'influence russe que la communauté de religion entre Russes et Abyssins était de nature à favoriser. Or, il importe beaucoup à l'Angleterre de ne pas laisser les Russes prendre pied dans la mer Rouge pour inquiéter un jour leurs communications avec les Indes.

La conquête du littoral de l'Abyssinie a déjà donné beaucoup de soucis à l'Italie et les profits

qu'elle en retire sont en bien faible proportion
avec les sacrifices qu'il a fallu consentir. Ces
sacrifices paraissent d'autant plus lourds à la
nation que la prospérité croissante du début,
sous une administration vigilante et économe, a
fait place à une détresse financière qui devient
de jour en jour plus dangereuse.

Les milliards prêtés par la France ont été,
en grande partie, employés en dépenses im-
productives et le peuple n'en a guère profité.

De plus, la mégalomanie de M. Crispi, qui a
jeté l'Italie dans une alliance coûteuse avec les
puissances centrales dans l'espoir d'une guerre
prochaine où chacun des alliés s'enrichirait
des dépouilles de la France, lui a fait faire plus
d'une fausse manœuvre coûteuse pour le commerce italien.

La rupture du traité de commerce avec la
France, qui est son œuvre ou qui, pour le
moins, a été inspirée puis par achevée par lui, a
nui à l'Italie infiniment plus qu'à nous-mêmes
et a causé bien des désastres dans la péninsule :
il semble difficile que, dans les dispositions pro-
tectionnistes du peuple français, les relations
commerciales entre les deux nations puissent

être rétablies, avant longtemps, sur le pied où
elles étaient autrefois. D'autant plus que les événements dont je viens de parler ont mis en évi-
dence l'antagonisme économique des deux pays
et fait ressortir certaines des causes durables
de cet antagonisme. L'Italie est notre ennemie
dans la Méditerranée, la chose est bien démontrée aujourd'hui, et les échanges de politesse internationale, les assurances pacifiques qu'on
essaie de prodiguer de part et d'autre des Alpes
seront probablement impuissantes à modifier
cette situation.

La papauté a été, pendant des siècles, un des
principaux facteurs, non seulement de la politique italienne, mais encore de celle de toute
l'Europe.

Elle ne constitue plus, aujourd'hui, une puissance temporelle, et cependant son influence est
encore loin d'être négligeable à cause des millions d'adhérents qu'elle possède dans chaque
pays.

L'Italie moderne s'est constituée, en partie,
contre elle et à son détriment, et le temps n'a
pas, en apparence du moins, opéré de reconci-
liation entre le pape et le roi d'Italie.

Cependant, le Vatican travaille, à l'extérieur, dans le sens de la politique du Quirinal.

Pie IX, dont la dévotion superstitieuse et l'humeur intolérante ont eu pour effet de creuser le fossé qui sépare de plus en plus la papauté de la société moderne, avait, cependant, aux yeux des Français, une qualité supérieure, c'est qu'il aimait la France et que, seul parmi les souverains, il osa lui témoigner ouvertement sa sympathie pendant l'*année terrible*.

Léon XIII, son successeur, a été choisi par le conclave, pour sa réputation de politique fin et avisé, et comme susceptible d'imprimer à la papauté une direction plus en harmonie avec les idées modernes. En fait, il a pris ouvertement parti pour les ennemis de la France.

M. de Bismarck a obtenu de lui la mission de M. Galimberti à Vienne, et celui-ci, intriguant sans scrupules, a été le négociateur le plus actif de la triple alliance : la nonciature et le chapeau de cardinal ont été la récompense de ses intrigues.

Le grand tentateur, l'ermite de Varzin, avait promis au pape l'abolition du culturkampf, et celui-ci, pour prix de cette concession apparente, n'a pas hésité à sacrifier la France, que Pie IX appelait encore la fille aînée de l'Église, à l'ambition d'une puissance protestante.

Et cette concession n'a bien été qu'une apparence, puisque déjà, spontanément, le gouvernement allemand avait laissé tomber en désuétude une partie des lois de mai et que les nécessités de la politique intérieure devaient l'amener, peu à peu, à les abandonner complètement.

Le pape suivait donc, à l'extérieur, une politique parallèle à celle du roi d'Italie, mettant au-dessous de son titre de chef de la catholicité celui de citoyen italien; de telle sorte que la protestation constamment renouvelée contre l'occupation de Rome par les Italiens ne semble plus qu'une de ces formules banales qu'on offre en pâture à la crédulité des fidèles.

Je connais des catholiques pratiquants qui constatent avec douleur et blâment ouvertement l'immixtion du pape dans la politique étrangère, qui ne peut aboutir qu'à une diminution de son influence morale et de l'infaillibilité papale, et la conduite de Léon XIII ruinera rapidement ce que son prédécesseur a eu tant de peine à édifier.

Nous avons mentionné dans un autre chapitre l'attitude du pape Léon XIII dans les affaires de Croatie où, comme ailleurs, il a pris ouvertement le parti des oppresseurs contre les opprimés, et l'on peut, à bon droit, s'étonner comment un pape qui se pique de finesse diplomatique ne se rend pas compte qu'à prendre ainsi le parti des oppresseurs contre les opprimés, il perd ainsi tout crédit sur les masses, lorsqu'il renouvelle, à chaque pèlerinage de catholiques au Vatican, l'antienne de l'oppression où le gouvernement italien est censé tenir la papauté et sur le manque de liberté de l'Église ?

Le pape Léon XIII s'est encore, à l'égal de ses voisins du Quirinal, constitué le geôlier de l'Alsace-Lorraine en obligeant les catholiques allemands à voter le septennat militaire, et sa conduite dans cette circonstance a paru alors à ce point odieuse, qu'on a vu des curés patriotes, qui représentent avec tant de dignité les Alsaciens-Lorrains au parlement allemand, désobéir ouvertement au pape. Et le dogme de l'infaillibilité papale a certainement beaucoup perdu de créance parmi les catholiques de nos

malheureuses provinces perdues. Le pape
Léon XIII ne devrait pas oublier, cependant, les
amertumes dont les Hohenzollern l'ont abreuvé,
en plus d'une circonstance !

La royauté italienne fonde une partie de son
pouvoir, à l'intérieur, sur cette croyance, que
les journaux officieux ne cessent d'entretenir
dans la nation, que la France — même républicaine — rêve le rétablissement du pouvoir
temporel du pape. Il sait bien qu'il touche ainsi
à la fibre la plus sensible de l'orgueil national :
car le rétablissement du pouvoir temporel, c'est
la fin de l'unité italienne, la disparition de l'Italie du rang des grandes puissances. Et cependant, il n'y a pas un homme éclairé, en Italie,
qui ne sache que c'est là une pure supercherie,
et que s'il existe en France un petit groupe
de personnes qui peuvent caresser ce rêve, il
n'existe aucun parti politique qui soit tenté de
protester contre les faits accomplis, et qu'une
assemblée même en majorité monarchique se
garderait bien de déclarer la guerre à l'Italie
pour rétablir le pape dans ses anciens états :
la France moderne est guérie à tout jamais de
s'immiscer dans les affaires des autres nations,

et son catholicisme est de nature trop tiède pour
la pousser à une croisade. Si la guerre éclate
un jour entre la France et l'Italie, ce sera pour
d'autres raisons et, en tout cas, ce n'est pas la
France qui l'aura provoquée.

Ce serait, à mon sens, nourrir de grandes
illusions que d'espérer que les relations entre
l'Italie et la France puissent être d'ici fort longtemps celles d'une véritable amitié, et je crois
fermement que, malgré quelques protestations
isolées, la masse de la nation italienne n'y tient
pas.

La France verrait certainement d'un très
bon œil la rupture de la triple alliance et cette
rupture ne manquerait pas d'améliorer les relations politiques entre les deux nations. Mais il
n'est pas de l'intérêt de la France que ces relations reprennent leur cordialité d'autrefois;
car on ne voit pas ce que l'Italie peut nous donner, tandis qu'on voit trop clairement comment
elle pourrait encore exploiter la générosité du
caractère français et l'imprévoyance confiante
de notre épargne.

La meilleure manière de nous gagner l'amitié de l'Italie est encore de lui prouver que nous

13

pouvons nous en passer, et le moyen de la faire
renoncer à ses velléités conquérantes, c'est de
lui interdire l'espoir de nous nuire : l'alliance
de la France et de la Russie suffirait pour produire ce résultat, et les Italiens sont trop fins
et gens trop pratiques pour persister dans une
politique où il n'y aurait que des coups à rece-
voir sans aucun profit.

CHAPITRE XI

LES ÉTATS SCANDINAVES.

Les pays scandinaves (Danemark, Suède et Norwège) n'ont ensemble qu'une population de huit millions et demi d'habitants ; ce seul fait explique le peu d'influence que ces nations ont sur la politique contemporaine. La pauvreté du sol de la Suède et de la Norwège, principal obstacle à l'accroissement rapide de la population, s'oppose évidemment à ce que ces pays retrouvent la grandeur politique qu'ils ont eue après les conquêtes de Gustave-Aldolphe ; grandeur éphémère, disproportionnée aux ressources du pays et uniquement fondée sur l'héroïsme et la valeur militaire qui a pu suffire à lui assurer un moment de prépondérance dans une période troublée de l'Europe qui n'avait pas encore connu les grandes armées permanentes dont Louis XIV fut l'initiateur.

C'est l'alliance de la France et de la Suède
qui a dicté à l'Europe le traité de Westphalie.
La France, plus riche et plus peuplée, eut alors
la suprématie qu'elle conserva longtemps encore; tandis que la Suède, pauvre et faiblement
peuplée, qui avait fait des efforts disporportion-
nés avec ses ressources, tomba dans une rapide
décadence dont elle n'a jamais pu se relever
depuis. Ajoutons qu'elle eut bientôt à subir
le choc de la Russie, inconnue jusqu'alors, nation encore à demi barbare, mais déjà grande
par le territoire et la population, et cette lutte
acheva de l'épuiser.

Le Danemark, vieil allié de la France, com-
battit pour elle en 1814 jusqu'au dernier moment : il fut puni de la perte de la Norwège
dont hérita le traître Bernadotte.

Mais son fils, qui porta sur le trône le nom
de Charles XV, était revenu à la politique traditionnelle de la race scandinave. Il n'a dé-
pendu que de la France que la campagne du
Schleswig-Holstein, — commencement de tous
les malheurs de l'Europe, — n'eût pas lieu.
Mais Napoléon, esprit chimérique et révolutionnaire, qui avait soutenu si maladroitement l'in-

surrection polonaise, en voulait à l'Angleterre
pour ne l'avoir pas secondé, et c'est ainsi que
la conférence de Londres de 1864 fut sans résultat. Tandis que si la France unie à l'Angleterre eût suivi sa politique traditionnelle, la
politique de l'équilibre européen telle que l'œuvre des siècles l'avait faite, la Prusse n'eût
pas trouvé de prétexte pour déclarer la guerre
à l'Autriche et l'union scandinave serait actuellement un fait accompli.

Ce serait s'écarter de notre sujet que de
chercher les conditions dans lesquelles cette
union pourra se refaire dans l'avenir. Mais
nous devons souhaiter qu'elle se fasse. Car elle
sera le véritable obstacle à la prussification
de la Suède que l'union du roi actuel avec un
princesse allemande peut nous faire redouter.

L'Allemagne, par la possession du Schleswig-
Holstein et par son influence sur la cour de Stoc-
kholm, a déjà trop l'habitude de considérer
la Baltique comme un lac allemand : notre
intérêt, d'accord en cela avec celui de l'Angleterre, est de rendre vaine cette prétention : c'est
pourquoi nous devons souhaiter qu'il s'établisse
une amitié durable entre les états scandi-

naves et la Russie. La Suède peut faire un deuil de la Finlande, comme elle l'a fait de la Poméranie : il ne peut donc plus y avoir de conflit entre elle et la Russie. Mais l'union scandinave sous forme fédérative, dont les partisans deviendront de plus en plus nombreux, sera le moyen le plus efficace pour l'affranchir de la tutelle prussienne. Les pays scandinaves pourront ainsi jouer un rôle important dans l'équilibre européen et figurer, sous la formule unitaire, dans le concert des grandes puissances européennes.

Quant à la France, la vieille alliée du Danemark et de la Suède, elle désire ardemment que ces pays retrouvent une partie de leur vitalité passée, et portent leur contingent à la civilisation européenne en coopérant à la défense de la liberté et de la justice.

CHAPITRE XII

LA GRANDE-BRETAGNE.

La surface territoriale de la Grande-Bretagne n'est que les cinquante-neuf centièmes de la France, pour une population à peu près égale, et cependant le caractère de ses habitants, sa situation insulaire et d'autres causes encore en ont fait une des plus grandes nations du monde.

Elle est grande par sa richesse, par son commerce et son industrie, par sa marine, et aussi par ses immenses possessions dans toutes les parties du monde, ainsi que par l'influence qu'elle exerce parmi les autres nations.

Ce n'est pas ici le lieu d'expliquer par quelles vicissitudes l'Angleterre est arrivée au degré de puissance qu'elle possède aujourd'hui ni de rechercher dans quelle proportion elle est due à l'énergie de la race anglaise ou aux condi-

tions physiques du pays qu'elle habite. Mais
nous nous bornerons à constater que cette même
race s'est répandue dans différentes parties du
monde qu'elle a colonisées et que partout elle
a déployé les mêmes qualités d'originalité et
de puissance qui en ont fait la race colonisatrice par excellence.

D'autres nations ont eu ou ont encore de
grandes et belles colonies, mais aucune de
celles-ci n'approche de la richesse et de la population des colonies anglaises.

On pourrait penser, avec juste raison, que
cette puissance de l'Angleterre et des colonies
anglaises est due en grande partie à la liberté
politique dont les Anglais ont joui depuis plusieurs siècles, et qu'ils ont possédée fort longtemps avant les autres peuples. Mais on re-
marquera sans peine que cette liberté n'est pas
l'effet du hasard et qu'elle est due à certaines qualités qui se sont rencontrées chez les hommes de
cette nation dès les premiers temps de sa civilisation. On peut dire que la liberté politique
existe en Angleterre depuis cinq siècles, quoique la liberté du xive siècle fût moins parfaite
qu'elle ne l'est au xixe et que, dans ce long in-

tervalle de temps, le pays ait passé par des révolutions et des périodes de gouvernement
tyranniques. Cependant la constitution anglaise
n'a pas cessé, à travers les âges, de se perfectionner, malgré ces éclipses passagères. Ce
qu'il y a de remarquable, c'est que la grandeur
de l'Angleterre et la liberté politique remontent
à une même date, celle de 1688, où un peuple
las d'agitations révolutionnaires eut le bon sens
de se donner une constitution qui donne toutes
les garanties à la liberté, tout en laissant au
gouvernement l'autorité nécessaire pour diriger
en sécurité les destinées de la nation.

A ce moment, la France était arrivée à l'apogée de sa puissance. Mais Louis XIV avait épuisé
le pays par des guerres incessantes en même
temps qu'il en avait extirpé tout ce qui restait
de liberté civile, politique ou religieuse : la
décadence de la France date de cette époque.

L'Angleterre, sortie des convulsions, prit en
mains la défense de la liberté sur le continent
contre la France et cette politique inaugura sa
grandeur ; de même que la France était devenue
la première nation de l'Europe en prenant en
mains la défense de la liberté religieuse et de

13.

liberté politique des États contre la tyrannie et
l'hégémonie de la maison d'Autriche. Napoléon,
après avoir supprimé la liberté en France, pensa
faire diversion à la politique intérieure en
exaltant le sentiment de la gloire militaire que
les victoires de la République avaient développé.
Il arriva ainsi, rapidement, à courber l'Europe
presque entière sous son despotisme.

C'est encore l'Angleterre qui fut l'âme de
toutes les coalitions contre lui. Et si l'on dé-
plore, comme patriote, une défaite comme
celle de Waterloo, on ne peut s'empêcher de
reconnaître, comme homme, que l'Angleterre
a débarrassé le monde d'un despote implacable
que sa folie guerrière avait rendu odieux à
toutes les nations.

L'Angleterre avait perdu, il est vrai, ses
colonies américaines qui, quelques années avant
la Révolution, s'étaient constituées en nation
sous le nom d'États-Unis; mais elle avait le
Canada. Les traités de 1815 lui avaient, en outre,
assuré la possession de quelques îles de la mer
des Antilles et le cap de Bonne-Espérance. De
plus elle avait arraché l'empire des Indes à la
France pendant la guerre de Sept ans. Toutes

ces possessions réunies en faisaient encore la
plus grande puissance coloniale du monde et
assuraient des débouchés sans cesse croissants
à ses manufactures auxquelles les inventions
mécaniques de la fin du xviii° siècle avaient
donné un grand essor.

Toutes ces causes de prospérité n'ont fait que
se développer depuis 1815 où, sauf la guerre
de Crimée, l'Angleterre n'a été mêlée à aucune
guerre européenne.

L'Inde anglaise a pris une extension sans
cesse croissante, entamant le Beloutchistan et
l'Afghanistan au Nord-Ouest, la Birmanie à
l'Est, et déjà les troupes anglaises gravissent les
montagnes qui, au Nord, conduisent au Thibet.
L'Australie, à peine connue au siècle dernier,
est aujourd'hui une colonie riche et prospère
qui constitue déjà un facteur économique important dans le commerce du monde.

En Afrique, du Cap les colons anglais sont
remontés vers le Nord, conquérant les régions
du fleuve Orange, sauf l'État libre formé par
les Boërs descendant des colons hollandais qui
fuyaient devant les envahisseurs anglais ; puis
Natal, le Zoulouland et, toujours en remontant

vers le Nord, ils se sont heurtés, dans ces derniers temps, contre les Portugais du Mozambique, dans la région du haut Shiré et du lac
Nyassa.

D'un autre côté, partant de la côte orientale
de l'Afrique, ils ont pénétré dans la région des
grands lacs équatoriaux, où ils sont en contact
avec les jeunes colonies allemandes ; et, de là,
ils espèrent, par le Victoria Nyanza, rejoindre
les anciennes provinces égyptiennes du Soudan
et l'Égypte.

De telle sorte que si le rêve des Anglais se
réalisait, d'Alexandrie au Cap, sur plus de sept
mille kilomètres de longueur, la partie la plus
fertile de l'Afrique deviendrait terre anglaise.
Et si, par un coup de fortune adverse, l'Inde
était perdue, l'Afrique compenserait en partie
la perte de l'empire asiatique. Sans doute, il
faudrait beaucoup de temps, plus d'un siècle
certainement pour donner à cet empire africain
une valeur économique comparable à celle de
l'Inde. Mais qu'est-ce qu'un siècle dans la vie
d'une nation, surtout d'une nation aussi vivace
que la nation anglaise?

D'ailleurs, contrairement à ce qui se passe

pour l'Inde, qui est insalubre en partie et où
l'Européen n'arrive pas à s'acclimater, l'Afrique
contient des territoires que les Anglais peuvent
facilement peupler. Déjà ils vivent en grand
nombre dans l'Afrique du Sud, où l'Européen
trouve un climat qui lui convient. Il est vrai
que l'élément ethnique dominant n'est pas
l'anglais mais le hollandais (mêlé de franco-
hollandais). Les Hollandais ont bien pu, à force
de luttes, mais surtout en se déplaçant constamment vers le Nord, se maintenir dans une
quasi-indépendance ; mais, politiquement, ils
paraissent destinés à être englobés dans l'empire anglais.

La région des grands lacs du Sud est déjà
dans la zone tropicale ; mais ces grandes étendues d'eau entourées de vastes chaînes de montagnes rafraîchissent le climat et le rendent
bien plus supportable à l'Européen que les pays
de même latitude dans d'autres régions de la
terre.

On comprend donc qu'à côté des populations
indigènes, les possessions africaines de l'Angleterre puissent supporter des populations de
race blanche ou métissée qui seront un facteur

économique et un élément de puissance bien
supérieurs aux nègres.

Ce rêve d'empire africain se réalisera-t-il?
Question difficile à résoudre à l'époque où nous
sommes, car si les événements ont marché,
dans ces dernières années, avec une rapidité
assez grande pour qu'on puisse le concevoir
sans entrer absolument dans le domaine des
chimères, il n'en est pas moins vrai qu'il existe
déjà bien des symptômes alarmants pour l'Angleterre qui peuvent faire douter de sa complète réalisation.

Au Nord, l'Angleterre occupe l'Égypte sans
la posséder encore en droit. Il est vraisemblable
d'ailleurs, malgré les promesses solennellement
faites, qu'elle n'en sortira que contrainte et
forcée. Jamais jusqu'ici le cabinet de St-James
n'a consenti à fixer la date de l'évacuation. Il
s'est borné à promettre de retirer les troupes
anglaises aussitôt que l'Égypte sera en mesure
de se défendre elle-même. Or l'insécurité de
l'Égypte provient des incursions continuelles
des derviches et de l'anarchie qui règne dans
le Soudan oriental depuis la perte de la Nubie
par les Égyptiens. Ces causes de troubles ne

disparaîtront pas de sitôt et l'Angleterre saura, au besoin, les entretenir aussi longtemps que ses intérêts l'exigeront.

Il lui suffit de gagner du temps jusqu'à la prochaine guerre européenne, qui sera certainement générale, et à l'abri du trouble qui en résultera, l'Angleterre, désintéressée en apparence des événements dont le continent sera le théâtre, pourra aisément s'emparer des morceaux à sa convenance. En Égypte, où elle est installée et où elle s'installe de plus en plus solidement, elle n'aura pas même d'efforts à faire, mais une simple déclaration annulant les promesses anciennes, et quand la paix sera rétablie, dans l'état d'épuisement où se trouvera l'Europe, il ne se trouvera certainement pas une puissance en mesure de mettre l'Angleterre à la raison.

Elle est donc en Égypte et y restera. Oh! certes, c'est là une vérité qui crève les yeux et qui s'impose à tout homme sans parti pris. Mais une pareille vérité n'est pas bonne à dire en France où, au lieu de se placer virilement en face des faits, on aime, dans les milieux politiques surtout, à se nourrir d'illusions.

Or, quelque bonne volonté que l'on ait, il est impossible de trouver un argument qui favorise l'illusion que nous cherchons à détruire en ce moment.

Nous croyons, au contraire, qu'il y aurait tout intérêt pour nous à y renoncer. Le gouvernement anglais a fait une promesse qu'il ne peut actuellement démentir : ce seul fait donne barre sur lui. Mais comme nous savons que cette promesse sera éludée dans un temps plus ou moins éloigné, profitons du moment où la promesse tient encore pour en dégager le gouvernement anglais contre une compensation sérieuse.

Nous y gagnerons doublement : d'une part, en obtenant ce qu'on nous refuserait plus tard et, de l'autre, en mettant fin à cet état d'irritation que la question égyptienne maintient entre leur nation et la nôtre et qui, avant peu, peut nous entraîner dans de graves conflits. Et, en effet, c'est depuis que la question égyptienne est entre nous et les Anglais que ceux-ci, en poussant secrètement leurs sujets de Terre-Neuve, ont réussi à mettre sérieusement en question des droits que nous y possé-

dons en vertu du traité d'Utrecht, c'est-à-dire
depuis deux siècles : la vie d'une partie importante de notre population maritime est liée
au maintien de ces droits ; et notre dignité nationale aussi. Il est cependant à craindre que la
question de Terre-Neuve entre dans une phase
tellement critique que nous n'ayons plus le
choix qu'entre l'abandon de nos droits contre
une indemnité dérisoire (accompagnée d'une
humiliation diplomatique) ou la guerre. Or,
cette guerre, nous ne la ferons pas. Tant que
nous serons obligés de monter la garde jour et
nuit sur nos frontières de l'Est, il n'y aura pas
de gouvernement, pas même un seul parti politique, pour pousser à la guerre contre une
nation européenne. C'est là, — il est inutile
de le dissimuler, car tout le monde le sait aussi
bien que nous, — le secret de notre faiblesse
à l'extérieur. Il faut donc qu'on se persuade
bien de ceci, — et nous voudrions crier cette
vérité par-dessus les toits pour que tout le
monde l'entendît et que l'opinion, sans laquelle
le gouvernement ne peut rien, en fût persuadée
— c'est que si nous ne trouvons pas à nous
arranger avec l'Angleterre en Égypte, non seu-

lement nous perdons la grande situation que
nous avons encore dans la terre des Pharaons,
mais encore nous perdrons Terre-Neuve.

Il n'y aurait qu'un seul cas où nous pourrions revendiquer nos droits, même les armes
à la main, c'est celui d'un conflit entre l'Angleterre et la Russie. Or, le conflit sera évité de
part et d'autre aussi longtemps que possible —
nous avons expliqué pourquoi ; — bien plus, la
Russie est dans l'impossibilité de se résoudre à
une guerre contre l'Angleterre tant que la
Prusse conservera sa suprématie en Europe.

Tandis qu'actuellement, tandis que l'Angleterre est encore en face de sa promesse, il
nous est impossible de l'en délier contre des
compensations. Laquelle ? Ceci n'est pas mon
affaire ; en tous cas, la première consisterait à
stipuler des privilèges en faveur de ceux de
nos nationaux établis en Égypte. Et comme
nous sommes en contact avec les Anglais dans
le monde entier, il ne sera pas difficile d'imaginer d'autres compensations en notre faveur.

Mais il ne peut faire l'ombre d'un doute que
l'Angleterre ne se résoudra à nous accorder ces
compensations que si elle craint, en nous re-

butant, de s'attirer des désagréments, ou si
elle s'aperçoit que nous sommes appuyés.
Voilà un nouvel argument en faveur de l'alliance russe.

Et, en effet, nous avons démontré que l'Angleterre peut impunément nous froisser dans
nos droits, tant en Égypte qu'à Terre-Neuve, et
que l'état d'irritation où elle est maintenue par
nos réclamations les plus légitimes la rend
d'autant plus intraitable qu'elle ne peut s'empêcher de reconnaître nos droits. Cette impu-
nité cessera du jour où la sécurité de la France
ne sera plus menacée sur le continent, c'est-à-
dire du jour où l'appui de la Russie nous sera
acquis. A partir de ce moment, l'Angleterre
courra des risques et, comme on y est bon com-
merçant, on les évaluera à leur valeur. Cela
suffira pour décider le gouvernement anglais à
se décider suivant les règles de l'équité.

C'est ainsi que l'alliance russe se trouve être
le pivot de toutes les grandes questions où
l'intérêt français est engagé, et nous la retrou-
vons au fond de toutes les combinaisons où il
s'agit de la défense de nos droits.

Que ceux qui, de bonne foi, sont hostiles à

cette alliance, pour des raisons de sentiment ou
pour satisfaire à des vues théoriques plus ou
moins superficielles, se donnent la peine de
creuser tous ces grands problèmes de la solution desquels dépend l'avenir de la France, ils
reconnaîtront aisément avec nous que la solution sur laquelle nous insistons est nécessaire,
et ils nous aideront à la faire triompher de la
routine des uns et de la pusillanimité des autres.

Mais, qu'on nous entende bien : nous ne
poussons nullement à une solution précipitée.
La question n'est pas, d'ailleurs, uniquement
entre la France et l'Angleterre; elle est entre
l'Angleterre et l'Europe. La France n'est que la
puissance la plus intéressée à la politique
égyptienne à cause de sa situation méditerra-
néenne, d'abord, et ensuite à cause de sa colonie égyptienne et des capitaux français engagés dans la dette contractée par les khédi-
ves.

C'est donc à l'Europe, réunie en aréopage, et
non à la France seule qu'appartient le périlleux
honneur de rappeler l'Angleterre au respect des
engagements pris. Mais il n'y a plus d'Europe,
il n'y a plus de droit des gens, ainsi que nous

l'avons dit plus haut. La France ferait donc
œuvre vaine et s'exposerait à de graves inconvénients en assumant seule, dans l'état actuel
de la politique européenne, la mission de rappeler l'Angleterre au respect des traités; car
elle se placerait ainsi dans l'alternative d'une
humiliation diplomatique ou de la guerre, absolument comme en 1870, dans l'affaire de la
succession du trône d'Espagne.

C'est pourquoi nous répétons que rien ne
presse ; que l'on peut attendre en se gardant
de soulever intempestivement la question de
l'évacuation de l'Égypte ; mais que si l'Europe
persiste à ne pas bouger, il ne restera plus à la
France qu'à prendre conseil de ses seuls intérêts et de régler la question à l'amiable avec
l'Angleterre seule, de la façon dont nous l'avons
expliqué ci-dessus. Le tout sera de faire en
sorte que ce ne soit pas un marché de dupes.

Dans la région des grands lacs de l'Afrique
équatoriale et tropicale, les Anglais sont en
présence de rivaux dont les appétits coloniaux,
pour être de fraîche date, n'en sont pas moins
considérables.

L'Allemagne unifiée a considéré que sa situation de grande puissance l'obligeait à posséder une flotte puissante. Ayant créé cette flotte, elle a voulu avoir des colonies, ce luxe des nations riches. Après quelques tâtonnements elle a habilement choisi sa part dans les régions accessibles de l'Afrique, où il y avait des terres vacantes, et elle est en voie de se tailler dans la partie orientale de ce continent un beau territoire où elle pourra faire l'expérience de ses aptitudes colonisatrices.

Le souci d'avoir de bonnes relations avec la triple alliance, pour être en mesure d'en profiter en cas de guerre européenne, a fait négliger aux Anglais les précautions qu'ils prennent d'ordinaire lorsque leurs intérêts sont en contact avec ceux d'autres nations. Habitués à tirer un profit exclusif des expéditions qu'ils ont fait de concert avec la France, des différents points du globe, ils se sont fiés à leur habileté traditionnelle pour en agir de même avec les Allemands. Or, on peut penser que pour la première fois ils ont tiré les marrons du feu pour le compte d'autrui. Le blocus que leur flotte a fait de compte à demi avec la flotte allemande n'a jusqu'ici profité qu'à l'Allemagne. Les Anglais se sont bien gardés de proclamer leur déconvenue, mais ils ont immédiatement cherché à réparer l'erreur commise. De là, l'expédition de Stanley dans le but apparent de délivrer Emin-pacha; mais dans le but réel de mettre la main sur l'Afrique équatoriale avant que les Allemands n'aient réussi à s'y établir. Notre opinion sur ce point était faite depuis la première rencontre de Stanley avec Emin et nous avons soutenu depuis ce moment, ce qui ne peut plus que difficilement être nié aujourd'hui, que Stanley agissait pour le compte de l'Angleterre en faisant tous ses efforts pour arracher le pacha allemand de sa résidence de Wadelaï où, depuis plus de huit ans, il s'était maintenu indépendant au milieu des Madhistes soulevés.

A son retour en Angleterre, Stanley essaya de soulever l'opinion publique en faveur de ses projets, et dans des conférences qui ont eu un grand retentissement il attaqua avec véhémence l'inaction du gouvernement qui, disait-il, était en train de sacrifier l'avenir de l'Afrique équatoriale aux convoitises de l'Allemagne.

Lord Salisbury ne s'est pas fait faute de riposter et, dans plusieurs réunions, il s'est atta-

ché à réfuter les arguments du fougueux explo-
rateur, transformé en conférencier politique.
Il a insisté, notamment, sur ce fait que des
négociations étaient engagées avec l'Allemagne
et que Stanley n'était pas suffisamment renseigné sur les conciliabules diplomatiques pour
émettre une opinion suffisamment fondée.

Les négociations en cours ont été si rapidement menées que, peu de temps après, le cabinet britannique a pu livrer à la publicité la
plupart des articles du traité signé avec l'empire d'Allemagne. Ce traité fait nécessairement
la part de l'Allemagne dans la colonisation de
l'Afrique équinoxiale et orientale, mais il réserve à l'Angleterre des compensations importantes, telles que le protectorat de Zanzibar,
l'occupation de Witu et de toute la côte des
Somalis, et la possession de la majeure partie
de l'Ouganda, territoire riche et peuplé entre le
lac Nyanza et le lac Albert que le docteur Peters
pensait avoir placé dans la sphère d'action de
l'Allemagne. Enfin, la cession de l'île d'Héli-
goland à l'Allemagne, en flattant l'amour-propre de cette nation, a paru une compensation
suffisante de la perte de l'Ouganda.

En résumé, la réunion ininterrompue des
pays situés entre le Cap et l'Égypte que l'Angleterre espérait encore réaliser il y a un an,
est désormais impossible ; mais cette nation ne
garde pas moins un empire colonial immense
en Afrique. Cependant, le territoire occupé par
l'Allemagne a une importance considérable, et
il est à présumer que les causes de conflit ne
manqueront pas, dans l'avenir, entre les deux
puissants voisins.

Dans ce traité, dont une partie seule est rendue publique et dont la partie secrète touche très
probablement aux intérêts français en Afrique, il se trouve une clause qui, dès maintenant, nous touche d'une façon très directe :
c'est celle qui est relative au protectorat sur
Zanzibar, dont l'Allemagne fait abandon à l'Angleterre. Ni l'une ni l'autre des puissances contractantes n'ont pu oublier qu'elles sont liées par
le traité de 1862, par lequel la France et l'Angleterre se sont conjointement engagées à respecter
l'indépendance du sultan de Zanzibar ; et le fait
seul d'avoir signé le traité actuel marque de la
part de l'Angleterre et de l'Allemagne un manque
de courtoisie internationale qui ne nous étonne

14

pas beaucoup de cette dernière puissance, mais
qui nous choque surtout de la part de l'Angleterre qui est liée envers nous par un traité spécial. L'interpellation qui a eu lieu à ce sujet à
la Chambre des députés a fourni à M. Ribot,
ministre des affaires étrangères, l'occasion de
déclarer que les intérêts de la France seraient
défendus avec fermeté et qu'elle exigerait le
respect de tous les traités.

Le traité anglo-français, sorte de pendant au
traité anglo-allemand, fut signé quelques jours
après.

Il n'entre pas dans le cadre de cet ouvrage
de l'analyser complètement; nous nous bornerons à en rappeler les principales stipulations :
la France admet le protectorat de l'Angleterre
sur Zanzibar et, en échange, l'Angleterre reconnaît explicitement le protectorat français sur
Madagascar.

D'autre part, l'Angleterre reconnaît comme
possessions françaises toutes les régions de la
bouche du Niger jusqu'aux postes qu'elle possède
sur la côte des Esclaves et dans le golfe de
Guinée; puis, de Say, sur le Niger, jusqu'à Bar-
rua, sur le lac Tchad. Enfin, l'Angleterre recon-

naît la zone d'influence de la France depuis ses possessions méditerranéennes jusqu'à la ligne Say-Barrua; les régions au Sud de cette ligne étant reconnues par la France dans la zone d'influence de la Compagnie anglaise du Niger, qui possède déjà le delta du Niger et un certain nombre de postes sur son grand affluent oriental, le Benoé.

La presse française a diversement apprécié cet arrangement. Des journaux monarchistes ont été jusqu'à dire que le gouvernement avait trahi la France en acceptant la violation du traité de 1862; mais cette manière de voir paraît avoir peu de partisans dans le Parlement, puisque l'opposition n'a pas interpellé le gouvernement la veille de la séparation des Chambres, alors que le traité était déjà connu.

Le principal mérite de cette convention, à notre sens, est de mettre fin aux conflits qui pouvaient s'élever entre les deux nations au sujet de Zanzibar et de Madagascar.

Sans doute, le traité de 1862 a été abandonné; mais personne n'admettra, en France, qu'il fallût, pour le maintenir, tirer l'épée du fourreau; d'autant plus que nous aurions eu contre

nous, non seulement les Anglais, mais encore
les Allemands. Sans doute, aussi, le protectorat français sur Madagascar a été parfaitement
et légitimement établi en 1886. Mais, pour peu
qu'on examine sans parti pris les textes rela-
tifs à cette affaire, on reconnaît qu'ils ne sont
pas d'une précision absolue et que, notamment,
celui relatif au protectorat de Madagascar peut
prêter à certaines équivoques dont l'Angleterre
a déjà profité pour s'abstenir de le reconnaître
explicitement, et qui pouvaient devenir une
source de conflits dans l'avenir.

Dans les affaires privées, on admet qu'un
arrangement — même médiocre — vaut mieux
que le procès qui offre les plus grandes proba-
bilités de succès.

Or nous estimons que l'arrangement que
nous examinons actuellement est mieux que
médiocre, puisqu'il écarte de nombreuses causes
de conflit entre l'Angleterre et la France et qu'il
nous assure la paisible possession de Madagascar.

Quant au partage des régions soudanniennes,
nous sommes un peu de l'avis de lord Salisbury lorsqu'il a dit — non sans ironie —
qu'on s'était réciproquement un peu attribué

ce qu'on ne possédait pas, et que plusieurs générations pourraient se succéder avant que les
pays qu'on s'était partagés fussent réellement
occupés. On peut donc envisager cette partie de
la convention avec un certain scepticisme,
sans cesser de se féliciter d'avoir momentané-
ment et, vraisemblablement, pour une longue
suite d'années, écarté des causes de conflit entre Anglais et Français dans cette partie de
l'Afrique tropicale.

Quant à ceux qui pensent que le gouvernement eût bien fait de lier la question égyptienne
à celles qui ont été résolues dans l'accord du
5 août, ils sont certainement dans la plus
grande erreur : agir ainsi, c'était tout enveni-
mer sans rien résoudre, et la question égyptienne est suffisamment ardue pour être étu-
diée séparément.

Quant au fond même de l'extension de la
France dans l'Afrique tropicale, qui a été sou-
levée dans une partie de la presse, ce n'est
pas ici le lieu de l'examiner.

L'Angleterre a facilité l'établissement des
Italiens à Massaouah et ceux-ci ont placé sous
leur protectorat toute la côte jusqu'à Assab,

14.

sur une étendue d'environ trois cents kilomètres.
Ils ont de plus fait de grands efforts pour s'établir dans le Tigré, dont ils possèdent déjà les
pentes vers l'Orient. Comme les autres nations
qui ont des possessions coloniales, l'Italie sera
condamnée à étendre ses conquêtes, à moins de
se résigner à l'évacuation.

Or, l'Angleterre est, jusqu'ici, la seule nation
qui ait donné l'exemple de l'évacuation de terrains conquis, dans l'Afrique du Sud et en
Afghanistan. Mais l'Angleterre a des possessions coloniales qui dépassent en étendue et
en richesse celles de toutes les autres nations
réunies ; et ces petits sacrifices lui ont d'autant
plus coûté qu'ils n'ont été que momentanés et
ont été bientôt compensés par de nouvelles
conquêtes; tandis que l'Italie n'a fait que dé-
buter dans la voie colonisatrice, et il est certain
qu'elle ne renoncera à la tentative qu'elle a
faite en Afrique — au prix de sacrifices considérables, d'ailleurs, — que contrainte et forcée.

Or, les adversaires qu'elle rencontre sur sa
route ne sont pas négligeables, et tôt ou tard,
lorsque l'Abyssinie sortira de l'état d'anarchie
où elle se trouve depuis la mort du négus

Johannès, tué dans une grande bataille contre
les derviches, les Italiens auront à subir des
chocs bien autrement redoutables que ceux
qu'ils ont subis jusqu'à ce jour. Il leur faudra
donc faire alors des efforts bien plus considérables pour conserver leurs possessions, et
l'amour-propre national les obligera à les
étendre.

Si les circonstances les favorisent, ils pous-
seront jusqu'à Kartoum, et leur orgueil trouverait sa satisfaction s'ils pouvaient reconquérir
cette capitale du Soudan égyptien, que les Anglais n'ont pas su conserver et dont la perte
pèse sur eux comme une sorte de honte.

Il est à présumer que ceux-ci regretteront alors
d'avoir appelé leurs bons amis les Italiens sur
la côte d'Afrique, alors qu'ils n'avaient d'autre
but que d'empêcher les Russes de prendre pied
en Abyssinie, où les appelait la similitude de
religion.

Ce n'est pas tout : dans le Sud, le Portugal
possède 2000 kilomètres de côte, depuis le cap
Delgado (Mozambique) jusqu'à la baie de Delagoa
au nord du pays des Zoulous. Depuis quelques
années, secouant leur torpeur séculaire, les

Portugais ont tenté de relever d'anciens postes qu'ils ont occupés autrefois sur le Zambèze et ont essayé de gagner le lac Nyassa par le Shiré, affluent du Zambèze. Ils ont ainsi rencontré les postes de missionnaires anglais qui ont contourné le Transwaal et se sont établis dans le moyen Zambèze, sur le haut Shiré et sur les rives du Nyassa. L'Angleterre prétend que ces territoires sont dans sa sphère d'influence (une locution commode pour conquérir des territoires sans aucun sacrifice) et a sommé le Portugal de renoncer à ses prétentions. On sait comment cette petite nation a dû céder aux injonctions de sa puissante rivale. Le conflit n'est pas encore résolu, cependant, et les Portugais établis sur le flanc des Anglais, qui n'ont pas encore d'établissement solide dans cette région et qui se trouvent à une grande distance de leur base d'opérations, qui est le fleuve Orange, auront de ce côté bien des difficultés à vaincre, surtout si les Portugais s'appuient sur les nations rivales de l'Angleterre dans le partage de l'Afrique (1).

(1) Lord Salisbury, qui est décidément en veine de négociations, vient de conclure un traité avec le Portugal en

On voit ainsi que le futur empire africain des Anglais est menacé sur plusieurs points et que les rivaux qu'elle a elle-même attirés dans ces régions menacent de couper la longue ligne de ses possessions, encore incomplètement reliées les unes aux autres, par plusieurs routes perpendiculaires, fort dangereuses pour leur sécurité.

Enfin, dans l'Extrême-Orient, où l'Angleterre ne possède de propriété que Hong-Kong, elle n'exerce pas moins une influence considérable sur la Chine. Après l'expédition anglo-française, où Napoléon III avait, suivant son habitude, tiré les marrons du feu pour l'Angleterre, celle-ci eut l'habileté de se faire adjuger les douanes des grands ports et un privilège pour la navigation à vapeur sur les fleuves. Elle s'était fait donner par traité, dès 1841, l'île de Hong-Kong, à l'entrée de la rivière de Canton, et elle en a fait, depuis, le principal entrepôt de son commerce avec la Chine.

vertu duquel l'Angleterre occupe les territoires du haut Zambèze de façon à séparer définitivement les possessions du Mozambique de celles d'Angola ; de telle sorte que les expéditions du major Serpa Pinto en vue de réunir effectivement les colonies de la côte occidentale à celles de la côte orientale restent stériles. L'opinion publique, en Portugal, est très irritée contre le gouvernement pour avoir signé un traité aussi humiliant pour l'amour-propre national.

Grâce à cette situation privilégiée, le tiers du commerce que la Chine fait avec le monde entier passe entre les mains des Anglais. Le commerce total des pays dépendant de l'empire britannique avec la Chine dépasse un milliard par an.

Tandis que la France, qui a fait deux guerres à la Chine, comme l'Angleterre, ne vient que fort loin derrière elle, au sixième rang parmi les nations qui commercent avec la Chine. Il faut espérer que, peu à peu, le voisinage du Tonkin, qui permet aux colons français le commerce par la voie de terre, améliorera cette situation.

Cependant, il est indubitable que la majeure partie du commerce chinois se fera par les ports qui se trouvent à l'embouchure des grands fleuves de l'empire du Milieu, le long desquels l'activité du pays est concentrée, et qui permettait le transport rapide et économique des marchandises.

Lorsque la Chine possédera des chemins de fer, d'autres parties du pays actuellement moins habitées prendront évidemment une importance économique inconnue jusqu'à ce jour.

Mais il se passera, certainement, un très grand
nombre d'années avant que ces effets se fassent
sentir.

Quoi qu'il en soit, les navires anglais domi-
nent dans les mers de Chine. Cela s'explique
aisément... les deux produits d'exportation dont
la valeur est le plus élevée sont le thé et la soie.
Le thé est consommé en majeure partie en Angleterre. Quant à la soie, qui est consommée
dans tous les pays civilisés, le marché européen
en est établi à Lyon. Malheureusement ce ne
sont pas dans les ports français, mais bien dans
ceux d'Angleterre, où la soie est débarquée et
entreposée ; et cela par la faute du commerce
français. Les principales marchandises d'impor-
tation en Chine sont : l'opium, que les Anglais
importent de l'Inde ; le riz, que des navires
chinois importent de Siam et de Cochinchine,
et les cotonnades, qui proviennent surtout d'Angleterre qui les fournit à un bas prix qui ne
peut être concurrencé par aucune nation industrielle. Londres est l'entrepôt des cotons du
monde entier, et c'est ainsi que les fabriques
d'indiennes pullulent en Angleterre et livrent
des produits d'un bon marché inouï.

On voit donc, en résumé, que l'importance
du commerce français avec la Chine est susceptible d'un accroissement important, si nos commerçants et nos armateurs se décident à sortir
de leur routine, mais qu'il est impossible d'espérer qu'il approche même de loin celle du
commerce anglais.

L'Angleterre est la nation la plus industrielle
et la plus commerçante du monde entier. Sa
situation insulaire, qui la met à l'abri des invasions, en a fait aussi la nation maritime par
excellence.

Le commerce de l'Angleterre, exportations
et importations réunies, est d'au moins 18 milliards par an, le tiers du commerce de toute
l'Europe. L'abondance et la sûreté de ses ports,
la forme de son territoire, profondément dé-
coupé et dont aucune région n'est fort éloignée
de la mer, lui ont assuré, de tous temps, une
population maritime considérable. En outre, la
rigueur du climat et la pauvreté d'une partie de
son sol la privent des richesses agricoles nécessaires à la subsistance de ses habitants. Ce
sont toutes ces causes réunies, jointes à l'activité et à l'esprit entreprenant de la race, qui ont

poussé les Anglais à chercher dans l'industrie
et le commerce maritime les moyens d'échange
avec les nations dont le territoire produit les
fruits de la terre nécessaires à leur alimenta-
tion et les matières premières qui alimentent
ses manufactures.

La nécessité, qui en a fait une nation de
commerçants et de navigateurs, les a destinés à
être les transporteurs pour le compte des autres nations, et leurs grands ports sont devenus
les entrepôts des denrées fournies par toutes
les parties du monde, d'où elles sont expédiées
sur les lieux de consommation. Et cette sorte
de monopole maritime s'est maintenu par le
bon marché des transports que l'expérience des
choses de la mer ainsi que la multiplicité des
opérations maritimes permet aux Anglais de
fournir à meilleur compte que ne le font les
marines d'autres pays qui ne se soutiennent
qu'à force de subventions gouvernementales.
Il faut remarquer d'ailleurs que si, grâce à ces
subventions, les nations continentales arrivent
peu à peu à déplacer à leur profit une partie
du commerce par mer, l'équilibre qui tend à se
faire dans les frais de transport avec ceux des

Anglais n'est qu'apparent. Les subventions payées sur le budget sont fournies par les contribuables et s'ajoutent, en définitive, aux prix des denrées.

Mais il est juste de reconnaître que le prix de cette concurrence que font les autres nations à la marine anglaise n'est pas tout à fait perdu, puisque, sans lui, elle arriverait à un véritable monopole qui lui permettrait, sans risque aucun, d'élever le prix de ses services.

Le développement de la marine marchande anglaise s'est fait parallèlement à celui de l'industrie, l'un influant sur l'autre, et chacun devenant effet et cause, tour à tour. C'est ainsi que la politique anglaise n'a cessé d'être dirigée en vue de la conquête de nouveaux débouchés, et cette nécessité a réglé tous les événements de l'histoire de l'Angleterre depuis deux siècles.

Le développement successif et incessant de l'empire colonial de la Grande-Bretagne en a été la conséquence directe et fatale.

Dans toutes ses colonies, l'Anglais conserve les qualités natives de la race, qui sont l'esprit d'entreprise, l'audace et la persévérance dans les spéculations industrielles et commerciales.

D'autre part, le sentiment de l'indépendance, qui est si vif chez toutes les populations anglo-saxonnes, pousse successivement les colonies de peuplement à se séparer politiquement de la grande patrie. C'est ainsi qu'il y a un siècle les États-Unis de l'Amérique du Nord se sont constitués en nation séparée ; et que, déjà, l'Australie et les États du Dominion canadien agitent le problème de la séparation. Mais l'Angleterre, qui a énergiquement lutté pour maintenir les colonies américaines sous sa suzeraineté, voit approcher sans crainte aucune la séparation des autres colonies déjà dotées de gouvernements quasi indépendants sous la simple suzeraineté de la couronne.

Et, en effet, parmi les clients commerciaux de l'Angleterre, le premier rang est précisément tenu par cette Amérique du Nord qui, la première parmi les colonies, s'est séparée de la mère patrie. Il est également certain que la séparation politique des autres colonies n'interromprait pas leurs relations commerciales avec la métropole et qu'elles continueraient à suivre régulièrement le cours de leur évolution. Par conséquent, aussi, les principaux facteurs de la puissance anglaise, qui sont la marine et le commerce, n'en subiraient aucune atteinte.

La question ne se présente pas exactement sous le même aspect dans les colonies d'exploitation, comme l'Inde et ses annexes. L'Inde, sans l'Indo-Chine, comprend 260 millions d'habitants et la densité de la population y est comparable à celle de la France. Mais la population y est presque entièrement indigène : le nombre d'Anglais qui s'y est établi y est tout à fait insignifiant. Les résidents anglais, en dehors des soldats et des administrateurs, sont des représentants de maisons de commerce ou des banquiers qui n'y font point souche.

La densité de la population indigène et l'insalubrité du climat paraissent des causes suffisantes pour expliquer l'absence de colons anglais ; mais il y en a une autre aussi importante et qui suffirait à elle seule pour produire ce résultat. Cette cause, qui est d'ordre économique, provient de l'insuffisance de rétribution de la main-d'œuvre. L'Hindou vit presque de rien et son travail est payé un prix tellement dérisoire que le Chinois, si sobre, ne peut lutter contre lui ; à plus forte raison l'Anglais, dont les besoins de nourriture et de comfort sont supérieurs à ceux de toutes les races.

On trouve une preuve directe de l'exactitude de cet argument dans ce fait que la région du Nord, sur les pentes de l'Himalaya, où la population est clairsemée, la terre d'une fertilité prodigieuse et le climat favorable à la santé des hommes de race blanche, les colons anglais ne sont pas plus nombreux que dans le Bengale ou le Pendjab, où le climat est insalubre et la population indigène très dense.

L'Inde n'est pas et ne peut devenir une colonie de peuplement : elle ne sera jamais qu'une colonie d'exploitation. C'est pourquoi l'Angleterre ne la possédera jamais que d'une façon précaire et tant que les moyens coercitifs dont elle dispose ne seront pas rompus par la force.

L'Inde, abètie par le régime des castes, a perdu depuis longtemps toute cohésion nationale. Cependant, les classes élevées de la population, instruites dans les écoles anglaises, grandissent en civilisation et aspirent à la conquête d'un pouvoir politique. En outre, l'islamisme fait dans ce pays de rapides progrès et

exerce sur les populations qu'il convertit une
certaine influence civilisatrice qui les élève au-
dessus du niveau moral du brahmanisme. C'est
ainsi que, peu à peu, l'idée nationale se fait
jour. Le progrès est lent, sans doute, mais
depuis quelques années il s'accentue au point
d'être devenu très sensible. Il ne deviendra redoutable pour les Anglais qu'à mesure que les
conditions économiques de l'indigène lui auront donné avec le bien-être matériel le sentiment de la dignité humaine au point de le
rendre accessible aux idées de patriotisme et
de solidarité nationale, sous l'impulsion des
classes éclairées déjà en possession d'une certaine richesse.

A partir de ce jour, la domination anglaise
sera en péril. Des complications politiques
extérieures, sur les frontières de l'Inde, pourront hâter ce mouvement.

C'est pour se préparer à cette éventualité
que l'Angleterre essaye de devancer les autres
puissances européennes dans la conquête de
l'Afrique.

Nous avons vu que, dans cette partie du
monde, les concurrents ne sont pas près de

manquer et qu'au contraire les nations européennes sont peu disposées à s'y laisser faire
la loi par l'Angleterre.

C'est ainsi que l'hégémonie que l'Angleterre
tend à établir à son profit dans toutes les parties du monde est partout battue en brèche et
que, parvenue à son apogée, elle est exposée à
la décadence.

Il y a une autre cause qui limite déjà la puissance maritime de l'Angleterre et qui tendra
à la limiter de plus en plus : c'est la substitu-
tion de la marine à vapeur à la marine à voile.

Du temps de la marine à voile, la puissance
sur mer était en proportion du nombre de marins qu'une nation pouvait fournir et de l'expérience de ses hommes de mer fondée sur de
longues traditions. Actuellement, ces conditions
ont perdu de leur importance, au point que nous
avons vu l'Allemagne et l'Italie créer, de toute
pièce, une marine militaire qu'il n'est plus permis
de dédaigner.

Le nombre et l'expérience des marins sont
des éléments encore précieux de nos jours, on
ne peut en douter ; mais ce qu'il faut surtout à
une marine moderne, ce sont des mécaniciens

et des canonniers, et, ceux-ci, on peut les re-
cruter parmi les terriens. C'est le corps des officiers dont le recrutement est moins facile chez
les nations qui n'ont pas de vieilles traditions
maritimes, comme l'Angleterre et la France ;
mais depuis que les spécialités se sont multi-
pliées, depuis que la guerre sur mer comme sur
terre devient de plus en plus une question de
science, les autres nations qui ne sont entrées
que depuis peu d'années dans le mouvement
regagnent rapidement le temps perdu.

Au point qu'une coalition maritime contre
l'Angleterre, qui était improbable du temps de
la marine à voile, est devenue fort possible de
nos jours et, en tous cas, elle serait en mesure
de contrebalancer efficacement la puissance des
flottes anglaises. En outre, la vitesse des croi-
seurs modernes et la capacité de leur charge-
ment en charbon leur permettraient de se lancer
isolément dans les mers lointaines et de causer
au commerce maritime de l'Angleterre des pertes incalculables. En un mot, une coalition de
plusieurs nations européennes contre l'Angleterre aurait beaucoup de chance d'en avoir raison et d'abattre son orgueil insulaire.

Depuis plusieurs siècles, l'Angleterre n'a cessé de susciter, entre les nations du continent, des rivalités à l'abri desquelles elle a pu se livrer impunément à ses instincts de rapine; et dans l'histoire du monde entier, il n'existe pas d'exemples des actes de piraterie comme ceux qu'elle a exercés au dix-huitième siècle, en s'emparant de Gibraltar, en capturant une flotte française en pleine paix et en déportant les Acadiens-Français au mépris des traités et des lois de l'humanité. De nos jours, de pareils actes de sauvagerie ne sont plus guère possibles. Cependant, la piraterie anglaise ne paraît pas encore avoir dit son dernier mot: ainsi, en 1878, au mépris de la convention signée à Constantinople, l'Angleterre s'est emparée de l'île de Chypre, soi-disant à titre provisoire et où elle restera.

De même elle a pris le prétexte du soulèvement d'Arabi-Pacha contre le Khédive pour s'emparer de l'Égypte où, — au mépris des traités et de la parole donnée, — elle prend toutes les mesures en vue d'un établissement permanent.

C'est de cette façon encore qu'elle avait tenté de s'emparer du Transwaal; il a fallu toute la

15.

vaillance de cette petite république, dont l'héroïsme a eu raison des troupes anglaises, et, — je m'empresse de l'ajouter, — la noblesse de sentiments de M. Gladstone, alors chef du gouvernement anglais, pour que cette petite nation libre ne devînt la proie de la voracité britannique. Les raisons que nous avons données ci-dessus, certains autres symptômes encore, paraissent indiquer que cette politique aura bientôt une fin. Il suffirait du rétablissement de la paix entre l'Allemagne et la France, pour qu'elle cessât d'être possible. Et c'est précisément pour cela qu'on est en droit de penser que si l'Angleterre ne s'est pas opposée, en 1871, à l'annexion de l'Alsace-Lorraine à l'Allemagne, c'est qu'elle s'était bien rendu compte que cet événement était seul capable de laisser entre l'Allemagne et la France une cause d'éternelle animosité.

Si, comme certaines personnes le croient, l'Afrique est destinée à devenir dans le courant du vingtième siècle le champ de bataille des nations européennes, les causes du conflit n'y manqueront pas entre Allemands et Anglais qui y ont plusieurs zones de contact, et il appar-

tiendra à la France d'établir la balance entre
les deux nations en penchant successivement
du côté de celle au détriment de laquelle l'é-
quilibre tend à être rompu. Cette politique de
bascule, suivie avec habileté et persévérance,
peut être très profitable à nos intérêts ; et nous
ne pouvons, en définitive, que nous féliciter de
ce que les deux nations qui ont fait le plus de mal
à la France et qui pouvaient continuer à lui en
faire, d'accord entre elles, tant qu'elles n'avaient
aucune rivalité d'intérêts, se trouvent aujour-
d'hui en contact et, par conséquent, exposées à
des conflits qui nous laisseront quelque répit et
dont, à notre tour, nous pourrons profiter.

CHAPITRE XIII

L'ALLEMAGNE.

L'Allemagne a été pendant des siècles sou-
mise au régime fédératif. Une foule d'états
indépendants, royaumes, duchés et principautés,
avaient conservé chacun ses mœurs propres et
sa civilisation originale. Ces états dépendaient
du saint-empire, dont Vienne est l'antique capitale ; mais cette dépendance ne dépassait pas les
obligations de la défense extérieure, et plus d'un
prince les a éludées pour faire alliance avec un
prince étranger. C'est, notamment, ce qui s'est
passé pendant une grande partie du xvıı° siècle,
où les princes protestants s'allièrent au roi de
Suède et au roi de France contre l'empereur.

C'est ainsi que la politique française s'était
appuyée sur des princes allemands pour abattre
la maison d'Autriche dont la puissance formi-

dable était devenue une menace pour la liberté du monde.

La paix de Westphalie, en 1648, mit réellement fin à la domination de l'Autriche en Allemagne. La politique séculaire de la France triomphait ; mais au siècle suivant elle laissa grandir le pouvoir de la Prusse qui est devenu, dans le nôtre, aussi étroitement dominateur en Allemagne et dans toute l'Europe que l'avait été celui de l'Autriche sous Charles-Quint et sous Philippe II.

C'est à partir de ce moment que s'éleva dans les plaines marécageuses et sablonneuses du Nord de l'Allemagne une famille princière, celle des Hohenzollern, qui y était établie depuis un siècle, après la guerre des Hussites.

L'électorat de Brandebourg devint bientôt le royaume de Prusse. La politique de ses princes a été à ce point persévérante qu'on l'a vu constamment progresser dans le même sens et, depuis Frédéric II, tous les Hohenzollern ont poursuivi le dessein de supplanter la maison d'Autriche dans l'empire.

La décadence rapide de la France au xviiie siècle, qui avait pour cause première l'épuise-

ment dû à la folie guerrière de Louis XIV,
coïncida avec l'accroissement subit de deux
nouvelles puissances, la Prusse et la Russie qui,
peu de temps auparavant, étaient sans influence
aucune dans les conseils de l'Europe et à peu
près inconnues.

Deux hommes de génie, Pierre Ier en Russie,
et Frédéric II en Prusse, firent sortir leurs nations
de l'obscurité et bouleversèrent complètement le
système de la politique européenne. Sous Frédéric II, la Prusse consolida sa situation en Allemagne par quelques annexions, abattit la puissance
de la maison d'Autriche, s'empara de la Silésie,
dont la richesse agricole contrastait singulièrement avec la pauvreté de la vieille Prusse et
enfin, d'accord avec la Russie, poussa de toutes
ses forces au démembrement de la Pologne, auquel l'Autriche fut en quelque sorte contrainte
de prendre part. Cette complicité assurait l'im-
punité des deux premiers larrons en ce qu'elle
isolait la France qui, seule, ne pouvait évidemment pas protester.

Les traités de 1815 agrandirent la Prusse de la
province rhénane. L'opposition d'Alexandre Ier,
empereur de Russie, empêcha l'annexion de l'Al-

sace, dès ce moment convoitée par la Prusse.

La révolution de 1848 eut son contre-coup dans la plupart des États d'Europe et, notamment, en Prusse et dans toute l'Allemagne.

La Prusse, après avoir échappé au danger révolutionnaire, envahit les Etats Allemands et y rétablit les souverains chassés par la révolution, tandis que l'empire d'Autriche ne fut sauvé que par l'intervention des armées russes. La prépondérance de la Prusse en Allemagne a fait dès ce jour un très grand pas. Pendant la guerre d'Italie, cette puissance garda la neutralité, mais ses armements inquiétèrent l'empereur Napoléon qui signa rapidement la paix de Villafranca qui laissait la Vénétie à l'Autriche.

L'Italie, mécontente de n'avoir pas été complètement libérée par les Français, se jeta dès ce moment dans les bras de la Prusse qui comprit immédiatement tout le parti qu'elle pouvait tirer de cette situation des esprits, soit contre l'Autriche, soit contre la France.

Bientôt la Prusse eut l'habileté de faire décréter l'exécution fédérale contre le Danemark, qui détenait les provinces soi-disant allemandes du Holstein et du Schleswig. La petite armée danoise succomba après quelques mois d'efforts héroïques ; mais la Prusse prétendait seule tirer profit des conquêtes de l'armée fédérale. La guerre éclata donc entre cette puissance et l'Autriche.

Celle-ci eut la maladresse de laisser en Italie sa meilleure armée, commandée par son meilleur général, l'archiduc Albert, et l'armée de Bohême subit la défaite de Sadowa. Les Prussiens arrivèrent rapidement en vue de Vienne qui ne fut sauvée que par l'intervention de l'empereur Napoléon III. Mais l'Autriche fut exclue de la confédération germanique.

La Prusse victorieuse annexa tous les États au Nord du Mein et obligea la Bavière, le Wurtemberg et Bade à faire partie de la confédération de l'Allemagne du Nord.

Napoléon III eut la maladresse de déclarer la guerre à la Prusse à l'occasion de la succession au trône d'Espagne, auquel un Hohenzollern avait prétendu, et la France subit le choc de toute l'Allemagne : elle succomba, et sa défaite assura la prépondérance de l'Allemagne prussifiée en Europe. La paix de Francfort imposa à la France une indemnité de guerre de

cinq milliards de francs, qui est hors de proportion avec tout ce qui s'est passé à aucune époque de l'histoire, et, cependant, la rapidité avec
laquelle cette formidable indemnité fut payée
excita l'admiration du monde entier. Mais la
Prusse commit la faute d'arracher à la France
l'Alsace-Lorraine. Nous avons vu de quel poids
cette faute pèse encore aujourd'hui sur la politique contemporaine.

La France cesserait d'être la France si elle
renonçait à l'espoir de reconquérir les provinces perdues qui lui sont restées fidèles malgré
les efforts les plus violents de germanisation
et malgré le despotisme le plus cruel qui les
accable. Toute l'Europe le sait, et c'est parce
que toute l'Europe a laissé se perpétrer ce
crime que tous les États sont actuellement voués
à cette terrible fatalité des armements sans cesse
croissants, dont le terme sera la guerre générale ou l'anéantissement économique de l'Europe
devant l'Amérique, dont la richesse formidable
grandit tous les jours.

L'unification de l'Allemagne, conséquence
fatale de l'unification de l'Italie, est aujourd'hui
un fait accompli. Sous la puissante direction

de la Prusse, le vieux corps germanique a été
galvanisé et a imprimé à tous les peuples allemands une puissante impulsion qui s'est tra-
duite par un accroissement énorme de l'industrie et du commerce. L'Allemagne, évidemment,
s'est considérablement enrichie depuis 1870.

Mais ce qui lui manquera toujours, c'est un
sol riche comme celui de la France et nos millions de paysans propriétaires durs à la fatigue
et économes dont les bas de laine recèlent les
réserves importantes qui alimentent les em-
prunts d'État, français et étrangers.

Cependant, l'agriculture allemande est en
très grand progrès et bien des solitudes sablonneuses des provinces du Nord, incultes il y a
quelques années, fournissent aujourd'hui des
récoltes de pommes de terre qu'on transforme
en alcool et dont la culture enrichit même le
sol.

Mais la terre n'est pas morcelée et la grande,
la très grande propriété féodale y occupe de
grands espaces par lesquels les travailleurs de
la terre vivent en prolétaires. Ce fait explique
la grande faveur que trouvent les idées socialistes auprès des habitants des campagnes

aussi bien que des villes. L'accroissement continu des impôts, qui suit une marche parallèle à celui des dépenses militaires, propage le mécontentement qui concourt à donner des recrues au parti socialiste.

La fièvre des armements est, d'ailleurs, loin de décroître, et en aucune année l'accroissement des dépenses n'a été plus considérable qu'en celle-ci.

Le ministre de la guerre de Prusse, M. Verdy du Vernois, craignait beaucoup de voir ses demandes de crédits rejetés par la coalition des partis opposants, qui sont en majorité au Reichstag, et M. Windhorst, le chef du parti catholique, avait fait semblant de se faire tirer l'oreille pour se décider à voter les crédits : il a suffi de quelques promesses concernant la situation des évêques pour le décider à renoncer à son opposition ; et le nouveau chancelier d'Allemagne, M. de Caprivi, a eu la chance de ne pas essuyer dès le début de son ministère une défaite que M. Windhorst se serait fait un malin plaisir d'infliger à son ennemi particulier M. de Bismarck.

Quoi qu'il en soit de ces négociations dans la

coulisse où se traitent les questions ministé-
rielles, je considère comme démontré que la
bourgeoisie allemande tout entière est disposée
à soutenir le gouvernement dans toutes les demandes de crédit pour l'armée, quelque exagé-
rées qu'elles puissent être, et l'opposition de celui
qu'on a appelé la petite éminence grise s'hu-
manise à mesure qu'il voit s'approcher le moment où il pourrait être appelé à exercer le
pouvoir, à son tour.

Mais les calculs de cet homme habile pourront être déjoués par les électeurs qui en votant
ici pour les candidats catholiques, là pour les
socialistes, ont fait moins acte de catholicisme
ou de socialisme que d'opposition à ce militarisme effrayant dont on ne peut apercevoir la
limite. Dans son instinct obscur, mais sûr, le
peuple sent que l'Allemagne des penseurs, des
savants et des artistes est menacée de périr
sous le caporalisme prussien.

Nous avons expliqué, dans un chapitre précédent, dans quelle mesure l'unification de
l'Allemagne, issue de la guerre de 1870, a été
un bienfait pour ce pays, au point de vue économique.

Mais si la masse de la nation s'est enrichie, il n'en est pas de même partout des particuliers, et la classe ouvrière ainsi que celle des prolétaires ruraux qui, ensemble, forment un total considérable et une grande partie de la nation, n'ont pas vu leur situation s'améliorer, au moins d'une façon sensible; on peut même croire que, proportionnellement à la richesse générale, leur situation a empiré.

Deux symptômes importants militent en faveur de cette supposition : d'une part l'émigration qui atteint des proportions considérables, et, de l'autre, les grèves qui, jusque dans ces derniers temps, n'ont cessé de se développer et de causer aux classes dirigeantes des alarmes dont le socialisme d'État de M. de Bismarck d'abord, de l'empereur Guillaume II ensuite, est impuissant à les guérir.

Les deux classes de prolétaires urbains et ruraux sont la proie facile des doctrines socialistes qui ont acquis, en Allemagne, un succès qui dépasse ceux qu'elles ont rencontrés dans tout autre pays civilisé : les électeurs socialistes, qui étaient au nombre de 70.000 en 1870, se sont trouvé un million et demi aux dernières élec-

tions pour le Reichstag. Mais le nombre de ceux
qui font en secret des vœux pour le triomphe
du parti socialiste sont bien plus nombreux. On
en peut juger par ce fait que les élections sont
loin d'être libres ; que les chefs socialistes sont
traqués dans toutes les villes importantes par
le moyen du petit état de siège ; que le droit
de réunion et la presse sont à la discrétion de
la police.

En outre, dans bien des districts où les socialistes ne sont pas en nombre assez considérable pour se compter, ils votent pour des candidats catholiques, pour faire acte d'opposition.

Je me suis trouvé en Allemagne au moment
des élections et j'ai pu constater les cris de joie
qui saluaient la défaite d'un candidat du *cartel*,
quel que fût l'opposant élu. Les catholiques
ont accueilli avec joie le triomphe de chaque
socialiste sur un national-libéral et les socialistes ne leur ont pas ménagé leur appui chaque fois qu'ils ne se trouvaient pas eux-mêmes
en mesure d'entrer en lice.

M. Windhorst est le vainqueur apparent des
élections d'avril ; et cependant son attitude au
Reichstag n'est pas celle d'un triomphateur :

l'attitude conciliante de M. de Caprivi vis-à-vis
de l'opposition ne suffit pas, seule, à expliquer
les timidités subites du chef du centre catholique. C'est que lui-même a déjà dû comprendre
que le triomphe de nombre de ses partisans
n'est qu'éphémère et que son parti, qui semble
à l'apogée de sa puissance, ne va pas tarder à
être entamé par les socialistes, par cela seul
qu'il est un parti bourgeois; le socialisme a le
vent en poupe, il ne tardera pas à augmenter
ses exigences et, bientôt, bien des provinces
qui semblaient acquises aux catholiques passe-
ront au socialisme lorsque le socialisme leur
paraîtra le seul moyen efficace d'opposition.

M. de Bismarck, qui est véritablement un homme du moyen-âge en plein dix-neuvième siècle,
qui ne croit qu'à la force et qui, comme Napoléon Ier, a le plus profond mépris des idéologues,
a joué du socialisme, comme Napoléon III, au
profit de l'idée césarienne : mais il frappait les
socialistes avec rage. En fait, en les transformant
en martyrs de la politique, il a donné à leurs doctrines une puissance d'expansion qu'elles n'auraient jamais trouvée dans la libre discussion.
Le socialisme a paru alors le plus sûr refuge

des idées d'opposition, et c'est à ce caractère d'opposition irréconciliable qu'il a dû ses plus beaux triomphes ; tandis que l'opposition bourgeoise du parti progressiste n'a guère fait que reprendre les positions perdues à la précédente législature.

L'empereur Guillaume II a remercié M. de Bismarck par la seule raison qu'il ne veut pas de tuteur.

Dès l'abord, il est entré en composition avec tous les partis d'opposition. Aux socialistes, il a donné le gage des rescrits dans lesquels il prenait, avec sa fougue habituelle, l'initiative des réformes socialistes; aux catholiques, il promettait la clôture définitive du culturkampf.

Mais, en même temps, il menaçait les ouvriers grévistes de « tirer dans le tas » au moindre désordre dans la rue et faisait courir le bruit, qui n'a été démenti ni officiellement ni officieusement, que toute opposition serait brisée comme verre et le parlement dissous, si les crédits militaires n'étaient pas votés dans leur intégralité : ceci était à l'adresse de M. Windhorst aussi bien que des progressistes.

Quant à ceux-ci, il ne les craint pas assez

16

pour entrer en composition avec eux. Cependant, en dessous main il les a poussés à se diviser. On a vu que la tentative de faire perdre
à M. Richter, leur chef éloquent et redouté, la
direction de leur parti a définitivement échoué.
Les premiers actes personnels de l'empereur paraissent avoir été suivis de succès. En effet, les
socialistes, par l'organe de leurs chefs principaux, ont accepté les avances qu'il leur faisait
dans les rescrits et ont approuvé la conférence
de Berlin qui, soit dit en passant, n'a été qu'une
œuvre de paravent : ni M. Bebel ni M. Liebknecht ne s'y sont trompés. La preuve en est
de l'attitude des orateurs socialistes lors de la
discussion des crédits extraordinaires de la
guerre : seuls parmi les Allemands, ils ont per-
sisté dans leur opposition et ont fidèlement
suivi le mandat que les électeurs leur avaient
donné. Liebknecht, dans un discours des plus
éloquents, a flétri la politique de conquête et a
fait ressortir que tous les maux dont le peuple
allemand est accablé dérivent de la conquête
de l'Alsace-Lorraine contre laquelle il n'a cessé
de protester dès la signature de la paix de
Francfort.

En résumé, les socialistes sont disposés à prendre leur bien partout où ils le trouvent, même de la main de l'empereur. Et qui donc, parmi le peuple, pourrait aujourd'hui trouver l'autorité nécessaire pour contredire leurs doctrines, alors que le gouvernement lui-même leur rend un hommage public ?

Les rescrits de l'empereur ne peuvent donc avoir d'autre effet que de donner une nouvelle extension à la propagande socialiste, et les rigueurs exercées contre les partisans de la doctrine, ne pouvant plus se justifier par des nécessités de défense sociale, apparaissent ainsi comme des actes de pur despotisme. Il est impossible d'admettre que l'empereur Guillaume II a ambitionné la gloire de faire lui-même cette démonstration. De là à démontrer qu'il s'est absolument trompé, au point de vue du succès de sa politique personnelle, il n'y a qu'un pas. Ce pas, les électeurs du prochain Reichstag le franchiront.

Quant à M. Windhorst, il a perdu la première manche et il est difficile de deviner à quel moment il pourra prendre sa revanche, et il ne lui restera bientôt plus d'autre alternative

que de se mettre à la remorque des socialistes
ou de jouer le triste rôle d'un Benningsen : ce
sera, vraisemblablement, le seul triomphe par
lementaire sérieux de l'empereur Guillaume II.

Quant à celui-ci, il n'a plus actuellement de
motif suffisant pour dissoudre le Reichstag ; en
tous cas, l'heure favorable en est passée. Faite
immédiatement, elle eût probablement pris les
partis au dépourvu ; plus tard, elle ne produira
d'autre résultat que de renforcer l'opposition
et, parmi elle, le seul parti aujourd'hui intact,
le parti socialiste.

Revenons, maintenant, à la politique étrangère de l'Allemagne.

Elle repose tout entière sur la triple alliance
avec l'Italie et l'Autriche, destinée à contrebalancer les forces réunies de la France et de la
Russie, au cas probable où elles se joindraient
dans une guerre européenne.

La triple alliance assure de plus à l'Allemagne la colonisation de l'Orient, où l'Autriche
lui prépare les voies, sans son intervention directe. Le fameux *drang nach osten* préparé par
les théoriciens est aujourd'hui en pleine voie
d'exécution. De telle sorte que le jour où la

péninsule balkanique viendrait à passer sous
la domination de l'Autriche, cet empire démesurément allongé de l'Ouest à l'Est, où la population allemande ne formerait plus qu'une petite
minorité, se disloquerait fatalement, et les provinces de langue germanique se réuniraient à la
grande Allemagne, dont la population dépasserait alors soixante millions d'habitants. Je dis
bien « dépasserait », car la Prusse compte bien
annexer la Bohème, vieux pays slave, aux provinces allemandes ; c'est bien dans ce but que
la chancellerie de Berlin a travaillé avec tant
d'ardeur au compromis signé entre le chef du
parti allemand en Bohême, M. de Plener, et
M. Rieger, le chef du parti vieux-tchèque qui,
par haine de la démocratie, a compromis dans
cette aventure sa vieille réputation et son honneur patriotique.

L'Allemagne arriverait ainsi à dominer de la
mer du Nord et de la Baltique à l'Adriatique,
avec Hambourg d'un côté et Trieste de l'autre.

S'il y a encore des Italiens pour s'imaginer
que Trieste sera un jour leur récompense de
leur adhésion à la triple alliance, je conseille
de les enfermer aux petites maisons.

16.

Ce rêve grandiose de l'Allemagne ne se réalisera pas, j'en ai la ferme espérance ; mais s'il se réalisait, ce n'est pas même le Tyrol méridional, ni la Dalmatie, ni le Trentin que l'Italie gagnerait pour prix de sa complicité. L'Allemagne, comme l'Angleterre, a coutume de donner à autrui ce qui ne lui appartient pas, surtout elle garde pour elle-même ce qui est à sa convenance.

Lorsqu'on réfléchit à la persévérance que met le gouvernement allemand à pousser l'Autriche-Hongrie à vexer la Serbie, à soutenir en Bulgarie les ennemis de la Russie, et à s'emparer par le moyen d'instructeurs militaires et de fonctionnaires de tout ordre de l'administration de la Turquie, pendant qu'elle envoie directement des fournées de colons dans les pays balkaniques et même en Asie-Mineure, on est obligé de convenir que la transformation de l'Autriche en puissance orientale et la dislocation de cet empire au profit de l'empire d'Allemagne est loin d'être un rêve de politicien en chambre, mais que ces événements sont calculés à la cour de Berlin et qu'on travaille avec une ardeur persévérante à les faire naître

le plus rapidement possible : l'occupation de la
Bosnie et de l'Herzégovine par l'Autriche a été
le premier pas dans cette voie, dont cette puissance ne peut plus sortir que par une réconciliation complète avec la Russie, et M. de
Bismarck, en faisant comparaître la Russie au
congrès de Berlin devant l'aréopage européen,
ne faisait que préparer l'exécution d'un plan
dont les diplomates prussiens avaient depuis
longtemps rêvé l'exécution.

C'est ainsi qu'apparaît, aux yeux les moins
clairvoyants, l'unité de cette politique prussienne dont M. de Bismarck a été l'habile mais
encore plus heureux serviteur, et dont le triomphe définitif n'est plus subordonné qu'à la patience et à la persévérance de deux puissances,
la France et la Russie.

Alliées, elles peuvent tout empêcher ; séparées, elles assurent le triomphe de l'hégémonie
allemande dans le monde entier, l'Amérique
excepté.

Mais si l'Allemagne se croit toute puissante
sur terre, la mer l'inquiète ; c'est pourquoi, dès
le lendemain de la création de la confédération
de l'Allemagne du Nord, après Sadowa, et sur-

tout après la défaite de la France en 1870-71,
le gouvernement prussien a-t-il travaillé avec
ardeur à la création d'une flotte importante
qui, unie à celle de l'Autriche et de l'Italie, fût
en mesure de balancer les forces navales de la
France. Cette balance existe dès aujourd'hui,
du moins il en apparaît ainsi lorsqu'on fait la
récapitulation des navires dont dispose la triple
alliance. Mais on n'ignore pas en Allemagne
que les vieilles traditions sont nécessaires en
marine plus que sur terre, que la marine française a de vieilles et glorieuses traditions, et
possède un personnel très expérimenté dont
la campagne dans les mers de Chine a rappelé,
à ceux qui auraient été tentés de l'oublier, la
hardiesse, le courage et l'habileté.

C'est pourquoi le gouvernement allemand
n'a cessé de poursuivre la pensée de mettre
dans son jeu la marine anglaise, la première
marine du monde. C'est pourquoi l'on voit
l'empereur Guillaume passer des revues navales dans toutes les mers d'Europe, dans la
Méditerranée et dans la mer du Nord, stimu-
lant le zèle des marines alliées et même de
celles, comme la marine anglaise, qui peuvent

et doivent le devenir. C'est pour cela aussi qu'on le voit essayer d'attirer dans l'orbite de l'Allemagne les pays scandinaves qui, s'ils ne disposent pas de marine de guerre importante et qui, par des raisons multiples, ne voudraient ou ne pourraient peut-être pas fournir un contingent de navires armés, disposent cependant d'une réserve importante de marins habiles et hardis dont la jeune flotte allemande se contenterait fort bien.

Cette pensée de l'adhésion de l'Angleterre à la triple alliance, M. de Bismarck l'avait déjà poursuivie ; mais l'irascibilité de son caractère, qui l'avait brouillé avec l'impératrice Frédéric, la fille aînée de la reine d'Angleterre, en rendait l'exécution difficile.

L'éloignement du prince de Bismarck l'a rendue possible à l'empereur Guillaume, petit-fils de la reine Victoria, qui s'est facilement fait pardonner par sa mère les peines qu'il lui avait causées lorsqu'il n'était encore que prince héritier.

Cet accord avait, d'ailleurs, été préparé par le voyage même de la reine Victoria à Berlin. De plus, les sympathies de cette souveraine pour l'Allemagne sont d'ancienne date ; tandis que la question égyptienne, celle de Terre-Neuve et d'autres encore, suffisaient pour lui faire oublier, en tant que cela eût été nécessaire, celles qu'elle pouvait avoir pour 'la France de 1855, qui lui avait sacrifié l'amitié russe en sauvant les armées anglaises en Crimée. Nos obligés de l'Alma, d'Inkermann et de Sébastopol ne pouvaient moins faire que ceux de Magenta et de Solférino.

Puissent ces exemples éclatants guérir à jamais les Français d'une politique chevaleresque au dehors et nous habituer à traiter les questions de politique étrangère au seul point de vue de nos propres intérêts ! Quoi qu'il en soit, la question africaine a permis à l'Allemagne de réaliser enfin l'accord tant désiré.

Nous ne connaissons encore qu'une partie des conditions de l'accord dont une partie importante est, sans doute, destinée à rester secrète ; mais ce que nous en savons prouve que l'Allemagne avait habilement pris les devants en s'attribuant, sur les cartes, des territoires qu'elle n'occupait pas, pour les céder à l'Angleterre en échange d'avantages dérisoires en apparence, mais qui cachent des compensa-

tions sérieuses, notamment en ce qui concerne
la liberté d'action laissée à l'Angleterre en
Égypte et l'action de la flotte anglaise en cas
de guerre entre la triple alliance et la France et
la Russie réunies.

Enfin, par-dessus tout, le gouvernement
anglais se trouve entre les mains des torys
dont le chef, lord Salisbury, a une haine par-
ticulière de la démocratie, dont la France est
à ses yeux le champion redoutable en Europe,
et nourrit contre la France elle-même, comme
nation, toute la jalousie que notre pays pouvait
inspirer au vieux Pitt lui-même. Cette circonstance n'a pas peu contribué à faciliter un accord que la présence du parti libéral au pouvoir
eût sans doute rendu bien difficile à conclure.

En l'absence de documents, on peut cependant
conjecturer quel genre d'appui la flotte anglaise
donnerait à la triple alliance contre la Russie
et la France réunies.

Sans déclarer la guerre à la France, ce que
peut-être l'opinion anglaise n'admettrait pas,
l'Angleterre peut tenter d'obstruer le passage
de Gibraltar afin d'empêcher la jonction de
nos escadres de la Manche et de l'Océan avec

celle de la Méditerranée. Sa flotte interdira certainement l'accès de la Méditerranée à la
flotte russe; de cette façon, la flotte allemande
n'aurait affaire qu'à notre escadre de la Manche
et les flottes réunies de l'Italie et de l'Autriche,
à notre escadre de la Méditerranée.

Pendant ce temps, l'Angleterre seule, maîtresse des mers, certaine de n'avoir aucune
flotte à combattre, promènerait ses escadres
invaincues dans toutes les mers et leur ferait
occuper, dans la Méditerranée et ailleurs,
toutes les positions à sa convenance. Probablement, aussi, elle profitera des embarras
de la Russie occupée à combattre les armées
coalisées de l'Allemagne, l'Autriche, la Roumanie et la Turquie pour régler définitivement
en Afghanistan les frontières de ses possessions
indiennes pour lesquelles elle ne cesse de
trembler.

Tel est sans doute le beau plan préparé par
la grand-mère et son petit-fils. Mais chacun
sait qu'il y a loin de la coupe aux lèvres et
qu'il y aura pour le réaliser bien des obstacles
à franchir.

J'ai visité l'Angleterre il y a peu de mois et des observations que j'ai faites dans mon voyage dans le Royaume-Uni je suis disposé à conclure que la chute des torys est certaine au prochain renouvellement du parlement et que, si la guerre n'éclate pas d'ici-là, le traité anglo-allemand, même conclu, n'obligerait le gouvernement libéral qui succédera au parti tory que dans les clauses publiques et nullement dans celles restées secrètes.

Examinerai-je les différentes hypothèses que l'on peut raisonnablement émettre sur les événements qui peuvent éclater dans les Balkans et déjouer toute la prudence et la clairvoyance des diplomates? En Serbie, les intrigues audacieuses de l'ex-roi Milan contre le gouvernement de son propre fils le roi Alexandre Ier risquent fort de ne pas aboutir et, seule, une conspiration militaire pourrait renverser ce gouvernement, qui a les sympathies de l'immense majorité de la nation. Celle-ci est, d'ailleurs, irritée contre l'Autriche-Hongrie, surtout contre la Hongrie, qui ne cesse de la menacer dans ses intérêts économiques. Les hommes d'État de Pesth se trompent dans leurs conjectures s'ils s'imaginent faire capituler les Serbes par des vexations. Il peut même arriver que les Hongrois eux-mêmes forceront leur gouvernement à renoncer à ces mesures qui les exposent à des représailles dont souffrent leurs intérêts. La Serbie occupe, en somme, une partie importante de la voie ferrée qui conduit à Salonique où la marine autrichienne trouve un frêt important, et on s'expose à bien des déceptions à Vienne, si l'on s'imagine que l'occupation de cette voie ferrée se ferait sans difficultés.

De plus, les mesures prises par la Hongrie contre les exportations serbes ont eu leur contre-coup en Roumanie, et le gouvernement de ce royaume s'est dépêché de conclure une convention commerciale avec la Serbie. Si le conflit s'accentue, les Roumains, quoique gouvernés par un Hohenzollern, pourront bien obliger leur gouvernement à prendre des précautions contre l'un des membres de la triple alliance.

La Bulgarie est, sans doute, inféodée à l'Autriche et la dictature que M. Stambouloff exerce au nom du prince Ferdinand paraît consolidée par l'exécution sauvage du major Panitza.

Mais les Bulgares n'ont pas oublié le czar libérateur autant que les reptiles de la triple alliance
essaient de le faire croire dans les télégrammes
que les agences allemandes expédient aux journaux de l'Occident.

Le pouvoir tyrannique de cet aventurier est
actuellement à son apogée; il pourrait bien
décliner avant peu, et il suffit d'une révolution
à Sofia pour soustraire la Bulgarie à un joug
qui lui est devenu odieux.

« La justice immanente des choses », comme
disait Gambetta, trouvera bien son heure, et le
gouvernement d'aventuriers qui a tenté de salir
la politique russe dans l'histoire du complot
Panitza pourrait bien avant peu en sentir les
effets.

Pendant ce temps, le czar, dont les dispositions pacifiques ne peuvent être sincèrement
mises en doute, assiste impassible, en apparence,
aux injures que de misérables politiciens ne
cessent de lui prodiguer, comptant lui aussi sur
la justice qui aura son heure, dans les Balkans
comme ailleurs.

Tel qu'il est constitué par la guerre, l'empire
fondé par la Prusse est condamné à la guerre

à perpétuité. Mais ce que la guerre fait, la guerre aussi le défait, et les nations fondées sur la conquête n'ont pas souvent prospéré.

En rétablissant en Europe le droit barbare de la conquête, contre lequel les traités de 1815 avaient été la plus éclatante protestation, la Prusse a volé le droit des gens moderne dont sa défense contre Napoléon avait été le principal titre de gloire aux yeux du monde civilisé et qu'elle avait expressément reconnu dans le traité de Prague, qu'elle a d'ailleurs violé, en stipulant que l'annexion définitive du Schleswig serait subordonnée au consentement populaire.

Elle a lancé l'Europe dans la voie des armements à outrance et fait naître dans les relations entre les nations une insécurité qui dure depuis vingt ans; qui, au milieu de l'explosion de la plus magnifique civilisation scientifique et industrielle, paralyse les grandes entreprises et perpétue ¦une crise commerciale que seule l'accumulation de capitaux de la vieille Europe permet de supporter, mais qui, à la longue, causerait sa ruine; qui permet aux jeunes nations de l'Amérique et de l'Australie, auxquelles le fardeau du militarisme est inconnu, de regagner

à pas de géant la distance qui les sépare des
vieilles nations civilisées de l'Europe, et dont la
puissance économique grandissante les mettra
bientôt en mesure de faire la loi au monde.

Enfin, ce militarisme farouche jette sur le
monde moderne un voile de tristesse qui stéri-
lise la production intellectuelle et répand le
scepticisme avant-coureur des décadences.

Dans l'état de richesse où se trouve l'Europe,
au milieu de l'abondance des capitaux, il suffirait que la paix fût assurée pour que les salaires
des ouvriers subissent une hausse graduelle,
tandis que les produits baisseraient constamment de prix, et c'est ainsi que les travailleurs
de tout ordre verraient leur situation s'améliorer d'une façon continue. Un tel état de choses
permettrait de résoudre pacifiquement et successivement les questions sociales dont la solution, augmentant le bien-être des peuples,
serait un facteur des plus importants de la paix
intérieure des nations et de la prospérité générale.

On verrait en un mot l'abondance partout et,
au milieu d'une sécurité sans précédent dans
les siècles passés, la science serait en mesure

de procurer aux hommes le maximum de bonheur qu'ils aient connu jusqu'ici.

Voilà ce que l'ambition prussienne nous réserve et voici ce dont elle nous prive !

Le jour où la nation allemande sera elle-même pénétrée de ces vérités, il est permis de croire que la dynastie des Hohenzollern, dont la puissance est encore si formidable, se trouvera sérieusement menacée.

CHAPITRE XIV

LA FRANCE.

Il n'est question, dans tout ce livre, que des relations des nations étrangères à la France et des intérêts de notre patrie : un chapitre spécial consacré à la politique française pourrait donc paraître superflu.

Nous avons cru cependant devoir nous arrêter quelques instants à l'examen des questions si nombreuses qui intéressent l'avenir de notre pays et à jeter un coup d'œil scrutateur sur l'avenir, afin de conjecturer le sort qui est réservé à la civilisation française dont l'influence est si considérable sur le monde moderne.

De même que la langue française n'est autre que le latin qui a évolué spontanément pendant près de vingt siècles en terre gauloise, de même la civilisation française est fille de la civilisation romaine.

Parmi les tribus étrangères qui ont envahi le sol gaulois, seuls les Francs et les Burgondes ont ajouté un élément ethnique important au vieux fonds celtique et gaulois auquel, dans le Midi, s'étaient ajoutés quelques éléments romains.

Mais la densité relative de la population gauloise a noyé ces éléments au point de donner la prédominance à la descendance des populations indigènes, et cette circonstance, ajoutée au degré déjà avancé de la civilisation gauloise au moment de l'invasion des barbares, ont assuré de bonne heure à la France l'unité politique, tandis que la plupart des autres nations vivaient dans le désordre de la division féodale qui perpétuait la division des races superposées des vaincus et des vainqueurs. Souvent même, chez ces nations, les vainqueurs eux-mêmes formaient plusieurs races qui, ainsi que cela est arrivé en Allemagne, mais principalement en Autriche, restaient juxtaposées sans se confondre, même alors qu'elles étaient soumises à un gouvernement commun.

La grandeur de l'ancienne France tient donc à ces deux circonstances qu'elle était plus peu-

plée, plus riche et plus civilisée que les nations
européennes avec lesquelles elle s'est trouvée
en conflit. Et ce sont ces circonstances qui lui
ont permis de résister à des coalitions pério-
diquement formées contre elles.

Plus tard, les autres nations civilisées à
notre contact et par notre influence, comme le
monde ancien l'avait été par Rome, ont elles-
mêmes gagné en population, en richesse et en
civilisation, et la distance qui les séparait de la
nôtre est constamment allée en diminuant.
Une grande partie de cette distance était déjà
franchie lorsque la Révolution française éclata.

Mais déjà la France, épuisée par la série de
luttes interminables que Louis XIV avait soute-
nues contre toute l'Europe et dont les dernières
sont toutes imputables à l'orgueil et à l'ambition
inouïe de ce souverain, avait manifesté sous le
honteux règne de Louis XV des signes manifestes de décadence.

Cependant, l'élan guerrier qui, sous la Révolution, fit repousser victorieusement les invasions de toute l'Europe, prouva que la race
n'avait pas dégénéré et avait conservé toutes
ses qualités guerrières.

17.

La politique follement criminelle de Napoléon, son amour insensé de la domination, les
guerres incessantes qu'il déchaîna sur tout le
continent et les hécatombes humaines qui en
furent la conséquence, firent non seulement re-
culer les frontières de la France, mais causè-
rent incontestablement un affaiblissement de la
race, tel qu'elle n'en avait jamais subi depuis
ses origines historiques.

Les trois règnes, dont deux de la branche
aînée des Bourbons et l'un de la branche ca-
dette, ont sans doute permis à la France de
refaire des forces épuisées à l'abri de la paix ;
mais, pendant ce temps, les autres nations,
moins épuisées chacune individuellement que la
nôtre (car les guerres napoléoniennes ont
coûté à chacune d'elles une moindre proportion
de pertes d'hommes qu'à la France qui était
seule contre toutes), ont pris une avance qui
nous a placés dans une situation d'infériorité
relative.

Les guerres de l'Empire, avant 1870, ont eu
lieu dans des circonstances telles qu'elles n'ont
pu fournir aucune preuve de la valeur de notre
organisation militaire ; la seule conclusion à en

tirer, c'est qu'après une longue paix de quarante ans les qualités militaires du soldat français s'étaient retrouvées intactes.

Mais l'année 70 amena l'effondrement de notre
système militaire, et l'étendue du désastre fut la
mesure, non seulement de la stupidité du gouvernement impérial, mais du recul subi par
la nation.

Vingt ans de paix et l'unanimité de la nation dans l'esprit de sacrifice ont permis à la
France de refaire son armée qui, vraisemblablement, est à la hauteur des meilleures armées
qu'elle ait connues.

La science française avait subi, pendant l'empire, un déclin que personne ne peut nier et
toutes les productions de l'esprit avaient parti-
cipé à cette décadence.

Il est incontestable que malgré les lacunes
que présente encore notre enseignement, les
efforts considérables du gouvernement de la
République pour développer l'instruction à tous
les degrés, les honneurs (sans précédent en
France) qu'il accorde aux hommes qui se sont
distingués dans les choses de l'esprit , ont
déjà porté une partie de leurs fruits ; tandis que

d'autres nations qui, comme l'Allemagne et
l'Italie, avaient pris une avance véritable dans
la haute culture scientifique, sont entraînées
dans une décadence intellectuelle, très percep-
tible déjà, par un militarisme grossier et l'absence de vues élevées sur l'idéal.

Le militarisme obligé de la France actuelle,
par une exception remarquable, ne l'a pas
abrutie, parce qu'au lieu de tirer sa source de
vulgaires appétits matériels, tels que l'amour
de la conquête et des profits qu'elle peut procurer, il n'est soutenu que par les aspirations les
plus élevées de l'âme humaine, à savoir : l'a-
mour de l'indépendance et l'esprit de sacrifice
qui anime toute une nation, justement fière d'un
long passé glorieux et des grandes traditions
de civilisation qui lui ont été léguées par les
générations disparues.

Enfin, si les splendeurs de l'Exposition universelle de 1889 ont pu donner aux étrangers
qui nous ont fait l'honneur de nous visiter le
sentiment que la France est restée, malgré les
sacrifices énormes consentis en faveur de son
armée et les dépenses de la guerre de 1870-71,
une nation riche, les succès remarquables rem-

portés par son industrie leur ont donné la preuve de l'énorme vitalité d'une nation qu'on a pu croire écrasée par des défaites sans précédent dans son histoire. Jetons actuellement un coup d'œil sur nos relations extérieures.

La triple alliance a été imaginée contre la France et la Russie : car l'Autriche, n'ayant aucune frontière commune avec la France et n'étant nulle part en conflit d'intérêts avec elle, n'a aucune raison de s'allier contre nous. Son entrée dans la triple alliance a la crainte de la Russie pour cause première et exclusive.

De là résulte immédiatement une communauté d'intérêts entre la France et la Russie qui réaliseront l'accord de ces deux puissances au jour du danger. Nous avons insisté sur les raisons qui rendent indispensable la conclusion d'une alliance préalable; il est inutile que nous revenions sur cette démonstration.

Mais l'activité de l'Allemagne ne s'est pas lassée de nous chercher d'autres ennemis. On connaît des tentatives, heureusement avortées, pour entraîner la Suisse dans son orbite : c'est que la Suisse, placée au nœud du système orographique de l'Europe centrale et qui, pour cette raison, en domine les principales vallées, couvre une partie de notre frontière.

La Suisse républicaine, fière de son indépendance séculaire, dont les citoyens sont élevés dans les sentiments les plus patriotiques, ne laissera pas impunément violer ses frontières, et elle compte plus sur la vaillance de son armée que sur la neutralité qui lui est assurée par les traités de 1815.

Il n'en est pas de même de la Belgique.

Les traités de 1815 avaient placé sur notre frontière du Nord-Est un royaume formé de la réunion de la Belgique et de la Hollande, qui était destiné à servir de boulevard à l'Allemagne du Nord contre la France et au besoin de bases d'opérations à une armée anglaise opérant avec des coalisés du continent, comme sous Marlborough et sous Wellington.

La révolution de 1830, qui sépara la Belgique de la Hollande, fut soutenue par la France et saluée avec enthousiasme par l'opinion libérale comme un commencement de revanche des traités de 1815. C'était ce même sentiment qui avait été un des facteurs principaux de la Révolution de 1830, qui débarrassait le pays d'une dynastie imposée par l'étranger.

Ce fut une erreur de l'opinion publique, car le Royaume-Uni de Belgique et de Hollande, qui avait été créé pour garantir l'Allemagne contre une invasion française, pouvait, par la même raison, garantir la France contre une invasion allemande. C'est là une vue simple qui paraît avoir échappé à la diplomatie française.

Du reste, la diplomatie européenne eut soin de mettre sur le trône de Belgique un prince allemand qui n'a jamais eu beaucoup de sympathie pour la France et qui, — la chose est aujourd'hui démontrée, — subit comme conditions de son élévation au trône un traité secret qui livrait à la Prusse les forteresses de la vallée de la Meuse.

Il est vrai que le roi Léopold Ier, qui avait mais qui surtout acquit par la suite une grande réputation de sagesse, fut un véritable patriote belge : il gouverna en vue de la prospérité de son pays d'adoption et fut assez avisé pour démolir, sans les reconstruire, les vieilles forfications de la Meuse, afin de préserver son pays d'une invasion prussienne : car il avait

eu l'intelligence de comprendre que, de toutes
les nations, la France était celle qui avait le
plus grand intérêt à respecter la neutralité
belge et que, par conséquent, elle la respec-
terait.

Son fils, le roi actuel Léopold II, n'a pas eu
la même prudence et, soit par sympathie pour
nos vainqueurs, soit pour toute autre raison,
est en train de relever ces forteresses que l'armée belge n'est pas en mesure de défendre et
que les armées prussiennes pourront occuper
sans difficultés sérieuses dès le début des opérations militaires. On objectera, peut-être, que
l'Allemagne, en étendant son champ d'opérations, se crée volontairement des difficultés que
rien ne l'obligeait à subir ; mais cette objection tombe devant ce fait que la vallée de la
Meuse, dans sa partie moyenne et son prolon-
gement, la vallée de la Sambre, forme le
chemin le plus court qui, de Cologne et d'Aix-
la-Chapelle, conduit à Paris par la vallée de
l'Oise.

Or, l'intérêt évident de l'Allemagne est d'at-
teindre le plus rapidement possible Paris, l'objectif final de ses armées, d'autant plus qu'une

campagne rapidement terminée en France lais-
serait disponible une grande armée qui irait
rejoindre celle qui, au même moment, opère-
rerait contre la Russie.

En outre, en transportant le théâtre des premières opérations sur la Sambre, l'armée prussienne tournerait les formidables obstacles
accumulés par la France sur la frontière allemande et obligerait les armées françaises con-
centrées sur cette frontière à un très grand
détour pour courir dans la vallée de l'Oise au
secours de la capitale menacée.

Mais le proverbe dit : un averti en vaut
deux. Et les avertissements ont si peu manqué
à l'état-major de l'armée française qu'on a tout
lieu de penser que ces considérations sont
entrées dans ses calculs.

Dans ces conditions, il est à présumer que la
vallée de la Sambre verra encore le choc des
armées françaises et prussiennes, et nos généraux se souviendront alors que leurs aînés de la
première République y ont remporté quelques-
unes de leurs plus belles victoires.

CHAPITRE XV

Les nations dont il reste à parler sont celles qui, au commencement de ce siècle, formaient ensemble la Turquie d'Europe.

Les populations chrétiennes soumises à la Porte depuis des siècles et qui, après la perte de leur indépendance, étaient tombées dans un esclavage abrutissant, se sont réveillées peu à peu de leur longue léthargie et ont pu successivement recouvrer leur indépendance à la suite d'insurrections locales, mais surtout de guerres malheureuses subies par la Turquie, dont le triste gouvernement a précipité le pays, naguère si puissant et si redoutable, dans la plus honteuse décadence.

Parmi les nations soumises au Croissant, c'est la Grèce qui la première secoua le joug des Ottomans. Elle s'insurgea et sut, par son héroïsme, intéresser l'Europe à son sort. A Navarin, la flotte alliée de l'Angleterre, la France et la Russie détruisit la flotte turque. Cette défaite obligea la Porte à composer avec ses sujets révoltés : l'indépendance de la Grèce fut garantie par les puissances.

Puis, successivement, la Serbie et la Roumanie furent déclarées indépendantes et, en dernier lieu, la guerre russo-turque de 1877-1878 émancipa les Bulgares. Le traité de Berlin avait séparé ceux-ci en deux provinces : la Bulgarie et la Roumélie orientale, dont la dernière restait sous la suzeraineté directe de la Porte. Mais cette fiction ne dura pas longtemps et, cédant à l'appel des populations rouméliotes, le prince de Battenberg fit l'union des deux provinces bulgares, au mépris du traité de Berlin.

La Grèce, qui n'avait pas déclaré la guerre à la Turquie, gagna deux provinces à ce partage partiel de l'empire ottoman, du côté de la Thessalie et de l'Épire.

L'Autriche, enfin, se vit adjuger la Bosnie et l'Herzégovine, provinces dont la rebellion attira sur elles les vengeances des Turcs, et les massacres qui s'ensuivirent furent la cause déterminante de la guerre entre la Russie et les Turcs.

Le traité de Berlin, que la volonté toute-puissante de M. de Bismarck avait substitué à celui de San Stefano imposé au sultan par la diplomatie du czar, réduisit au minimum les conquêtes des Russes. Nous avons vu que l'Autriche et la Grèce avaient accru leur territoire sans coup férir. Il faut ajouter que, par une convention séparée, l'Angleterre, sous prétexte de protéger le sultan, lui avait arraché la cession de l'île de Chypre.

La Russie garda un amer ressentiment des conditions que l'Europe lui avait fait subir en lui enlevant les compensations qu'elle espérait pour les sacrifices qu'elle s'était imposés, mais, et c'est le but que la diplomatie allemande n'avait cessé de poursuivre, elle se trouva irrémédiablement brouillée avec l'Autriche.

Nous avons exposé toutes ces circonstances ainsi que les intrigues de la diplomatie autrichienne dans la péninsule des Balkans, intrigues suscitées par l'Allemagne, inspiratrice directe du gouvernement transleithan qui, par sa russophobie, finira ainsi que nous l'avons dit par pousser le gouvernement autrichien dans une catastrophe où l'empire est certain de sombrer.

C'est pourquoi nous avons toujours considéré que le nœud de la diplomatie européenne
était à Vienne ou à Pesth. Trouver un terrain
de conciliation entre la Russie et l'Autriche, et
amener ces deux puissances à s'entendre directement, tel devrait être le but de la diplomatie
française. Malheureusement, — et c'est un point
sur lequel il nous serait pénible d'insister, — la
diplomatie française est généralement mal servie au dehors, et il faut ajouter, pour être juste,
que dans le cours de tout ce siècle elle n'a jamais été bien servie. Nos diplomates assistent
impassibles aux événements qui se passent sous
leurs yeux et sont les derniers avertis des traités conclus entre nations en dehors de la par-
ticipation de la France : de telle sorte qu'on
est en droit de se demander si le gouvernement
ne ferait pas utilement l'économie des dépenses
des affaires étrangères. En tous cas, en suppri-
mant les ambassadeurs, éviterions-nous l'humiliation d'être perpétuellement dupés ou joués.

Le prince actuel de Bulgarie, le prince de
Cobourg-Orléans, dont la nomination s'est faite
en dehors des conditions du traité de Berlin et

qui n'est pas reconnu par les puissances, est presque ouvertement soutenu par l'Autriche et par l'Angleterre dont, sous le ministère Salisbury, on trouve la main dans toutes les intrigues où il s'agit de blesser la Russie ou la France.

Le prince Ferdinand est une sorte de mannequin entre les mains de son premier ministre Stambouloff, cet odieux aventurier exécré de la masse de la nation bulgare pour son insupportable tyrannie et qui vient de se signaler, en dernier lieu, par le meurtre juridique du major Panitza, impliqué dans un complot plus ou moins ourdi par la police au service de la triple alliance qui est coutumière du fait, ainsi que la chose a été prouvée dans l'affaire Wohlgemuth et dans celle des nihilistes arrêtés à Paris.

Stambouloff, au gouvernement, se conduit en bandit ; il finira aussi comme un bandit.

Quant à la Serbie, les intrigues austro-hongroises, et surtout hongroises, y sont incessantes. Mettre sous le joug ce jeune royaume, tel est le but constant des hommes d'État de Pesth, inspirés de Berlin.

Il n'est pas jusqu'à la Grèce que la diplomatie allemande n'ait essayé de détourner de son amitié traditionnelle pour la France et la Russie, et le roi Othon, un Allemand, a reçu la visite solennelle de Guillaume II comme les souverains des grandes nations. Celui-ci a pu juger *de visu* les dispositions du peuple grec en faveur de la triple alliance, et s'il fait fond sur les sentiments personnels du roi Othon pour entraîner la Grèce dans son orbite, il risque de faire un faux calcul.

Enfin, le sultan lui-même a reçu, à son tour, la visite de l'auguste voyageur, qui a voulu juger par lui-même de l'état de l'armée et de la flotte turques et du concours que son ami le sultan serait en mesure de lui prêter dans une guerre européenne. Là aussi l'empereur d'Allemagne a dû récolter pas mal de déceptions : la Turquie est ruinée, archi-ruinée, et l'effort héroïque qu'elle a fait en 1879 serait très difficile à renouveler. Le Divan promet tout, n'étant pas de force à refuser. Est-il en mesure de tenir ? c'est ce dont doutent les gens bien informés.

CHAPITRE XVI

CONCLUSION.

Parvenu au terme de ce travail, où nous avons effleuré toutes les questions diplomatiques à l'ordre du jour et où nous avons tenté de donner les solutions rationnelles de quelques-unes d'entre elles, nous ne pouvons qu'exprimer le regret de manquer d'espace pour approfondir quelques-unes des causes cachées des conflits latents qui existent entre les nations européennes.

Nous assistons à un immense effort de la diplomatie allemande pour grouper autour de l'empire germanique toutes les nations d'Europe dans une vaste coalition dirigée contre deux nations, la France et la Russie, qui refusent de se faire les satellites de cet astre nouveau.

L'hégémonie qu'exerce en ce moment l'Allemagne, plusieurs nations l'ont successivement exercée, ou, du moins, tenté de l'exercer à tra-

vers les siècles. Mais ce qu'on n'avait jamais vu
jusqu'ici, c'est l'aplatissement de toutes les
dynasties devant une seule puissance; c'est
l'abdication de tous les gouvernements devant
celui de Berlin; c'est, enfin, l'aberration commune qui jette toutes les nations, à la suite de
l'Allemagne, dans des voies économiques en
opposition avec leurs intérêts les plus immédiats.
Et nous n'assistons encore qu'à la première
phase de cette guerre sans batailles, mais où les
nations se ruinent aussi vite et plus sûrement
que par les combats.

Il manque à ces directeurs de la politique
européenne, qui sont à Berlin et à Londres, une
vue élevée sur l'avenir des nations européennes,
et leur politique est le dernier écho de la vieille
politique des antagonismes dont l'Europe souffre
depuis tant de siècles. La conception de ce
monde nouveau dont la civilisation marche à
pas de géants sous la direction de la science,
aujourd'hui sûre de ses méthodes et de ses
moyens d'action, leur fait absolument défaut.

Il n'y a pas jusqu'à la conception diplomatique de l'empereur Guillaume qui croit en-
chaîner une nation quand il a fait signer un

papier à un roitelet trop heureux de se déclarer son vassal, qui ne soit un monstrueux
anachronisme.

Lorsque la grande bataille éclatera, les nations ruinées par la politique allemande auront,
pour la plupart, peu d'efforts à faire pour se
débarrasser d'une honteuse tutelle et pour jeter.
par terre ces gouvernements anti-nationaux.
Et, d'ailleurs, le lendemain est-il donc si sûr
pour des gouvernements orgueilleux comme
celui des torys, par exemple !

L'Angleterre est rongée d'un mal social
qu'elle a beaucoup de peine à dissimuler et dont
seule, sa situation insulaire lui permet de masquer la gravité aux yeux de l'étranger. Sa
révolte récente de la police de Londres, sa par-
ticipation à l'émeute et les mutineries de soldats
dans les casernes sont de graves symptômes de
décadence que les libéraux anglais feront bien
de méditer, car c'est à eux qu'il peut appartenir,
dans un avenir prochain, de recueillir la succession de ce gouvernement pourri dont lord
Salisbury est le chef médiocre, mais vaniteux,
et d'arrêter, s'il se peut, la société anglaise dans
la voie de décomposition où elle est entraînée.

C'est à eux, enfin, qu'il appartiendra, s'il en est encore temps, de replacer la politique anglaise dans sa tradition, qui a été de se placer du côté des libertés menacées et non du côté du despotisme.

Quant à la France et à la Russie, tout observateur impartial reconnaîtra qu'elles sont l'une et l'autre en progrès.

Notre armement est supérieur à celui de toute autre nation ; et l'armée à laquelle il est confié vaut toute autre armée d'Europe.

L'armée russe, de son côté, est nombreuse, aguerrie et patriote. Patientons, le temps travaille pour nous.

Chaque jour le sentiment national, en Russie aussi bien qu'en France, pousse les deux nations à s'unir étroitement. Espérons que les gouvernements, s'inspirant de ce sentiment aussi bien que des nécessités de la politique contemporaine, se décideront enfin à conclure cette alliance qui leur permettrait d'envisager avec confiance la solution de la crise terrible dont l'Europe est menacée.

TABLE DES MATIÈRES

A LA MÊME LIBRAIRIE

La France en 1889, par le comte DE CHAUDORDY, ancien ambassadeur. 1 vol. in-18. Prix. . . . . 3 fr. 50

Histoire politique de la France, par C. DE LOISNE, ancien gouverneur de la Martinique. 1 vol. in-8º. Prix. . . . . . 6 fr.

L'Europe militaire et diplomatique au dix-neuvième siècle (1815-1884), par F. NOLTE. 4 vol. in-8º carré. Prix. . . . . 30 fr.

L'Égypte et l'occupation anglaise, par E. PLAUCHUT. 1 vol. in-8º. Prix. . . . . 3 fr. 50

Les origines de la Restauration des Bourbons en Espagne, par M. HOUGHTON. 1 vol. in-8º. Prix. . . . . . 7 fr. 50

Étude sur l'Allemagne politique, par André LEBON. 1 vol. in-18. Prix. 3 fr. 50

L'Allemagne actuelle. L'Industrie; l'Empire colonial; l'Armée. les Universités; le Rêve de l'unité; l'Empereur; le Chancelier; le Parlementarisme; le Socialisme; la Revanche. 1 vol. in-18. Prix. . . . . 3 fr. 50

Les États-Unis contemporains, ou les institutions, les mœurs et les idées depuis la guerre de sécession, par Claudio JANNET, avec une lettre de M. Le Play. 4e édition. 2 vol. in-18. Prix. . . . . 8 fr.

Deux Chanceliers, le prince Gortschakoff et le prince de Bismarck, par Julian KLACZKO. 3e édition. 1 vol. in-18. Prix. 4 fr.

L'Allemagne chez elle et au dehors, par Paul MELON. 1 vol. in-18. Prix. . . . . 3 fr. 50

Études de droit constitutionnel. France — Angleterre — États-Unis, par E. BOUTMY, membre de l'Institut. 2e édition. 1 vol. in-18. Prix. . . . . 3 fr. 50

Le Développement de la constitution et de la société politique en Angleterre, par E. BOUTMY. 1 vol. in-18. Prix. . . . . 3 fr. 50

PARIS. TYPOGRAPHIE DE E. PLON, NOURRIT ET Cie, RUE GARANCIÈRE, 8.

www.ingramcontent.com/pod-product-compliance
Lightning Source LLC
Chambersburg PA
CBHW071843020726
47502CB00003B/571